中公文庫

新装版

桃花源奇譚 4

東京残桃夢

井上祐美子

中央公論新社

目次

第一章　波乱《はらん》　9
第二章　落英繽紛《らくえいひんぷん》　57
第三章　地上の天堂《ちじょうのてんどう》　111
第四章　剣花《けんか》　161
第五章　両妃折獄《りょうひせつごく》　224
第六章　追夢《ついむ》　296

主な登場人物

白戴星《はくたいせい》　宋《そう》の皇子。本名は趙受益《ちょうじゅえき》。十七年前に生き別れた母を探している。
陶宝春《とうほうしゅん》　桃花源《とうかげん》の民の末裔《まつえい》とされる少女。自身の正体を知るため桃花源を目指す。
包希仁《ほうきじん》　希代の秀才。天子を補佐する文曲星《ぶんきょくせい》として戴星を見守る。
狄漢臣《てきかんしん》　怪力の少年僧。天子を補佐する武曲星《ぶきょくせい》として幼少期より修行をしてきた。
殷玉堂《いんぎょくどう》　俠客《きょうかく》。もとは劉妃《りゅうひ》一派に雇われ戴星を狙っていたが、共闘関係に。
崔秋先《さいしゅうせん》　仙人。桃花源の在処《ありか》を求め、一行の前に現れる。
李絳花《りこうか》　かつて花娘《かじょう》と名乗っていた元旅芸人。戴星の母・李妃《りひ》の行方を知っている。
何史鳳《かしほう》　元花魁《おいらん》。崔秋先にかけられた呪いを解くため、絳花と行動を共にする。

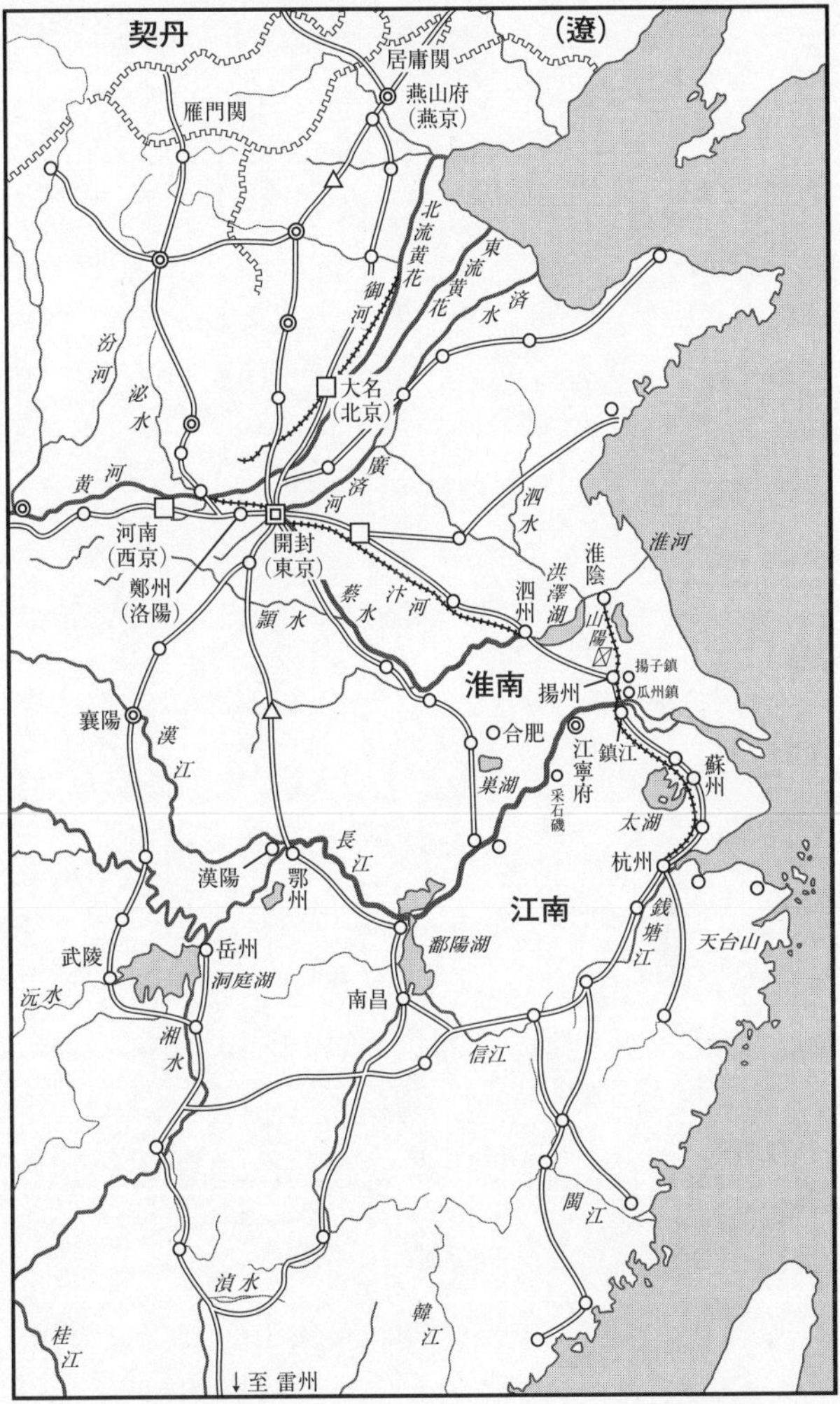
契丹
(遼)
居庸関
燕山府
(燕京)
雁門関
北流黄花
東流黄花
御河
済水
汾河
沁水
大名
(北京)
黄河
廣済河
泗水
淮河
河南
(西京)
開封
(東京)
鄭州
(洛陽)
蔡水
汴河
潁水
淮陰
洪澤湖
泗州
山陽
揚子鎮
瓜州鎮
淮南
揚州
合肥
江寧府
鎮江
襄陽
漢江
巣湖
采石磯
蘇州
太湖
長江
漢陽
鄂州
杭州
江南
銭塘江
鄱陽湖
天台山
武陵
岳州
洞庭湖
沅水
南昌
湘水
信江
閩江
湞水
韓江
桂江
↓至 雷州

地図　安達裕章

桃花源奇譚4

東京残桃夢

第一章　波乱《はらん》

その小舟は、断崖の下にひっそりと繋《つな》がれていた。

両岸とも、細い雑木がところどころ生えてはいるが、まっすぐ水面からたちあがった一枚岩の壁である。ここを伝い歩けるのは、このあたりに多く棲む野猿ぐらいなものだろう。

おそらく、小舟は下流からさかのぼってきたのだろう。すぐ下流は瀬となって激しい水音をたてているが、この辺りは淵《ふち》となっていて底が深く水の色が碧《あお》みがかり、流れもゆるやかである。

小舟自体は、なんの変哲もない粗末なものだった。細い船体のうしろ半分を、篷《ほう》で鞍《くら》のような形に覆っているのだが、その中から歳老いた漁師がひょいと顔を出しても不思議がない。そんなさりげなさで、しっくりと周囲の風景にとけこんでいた。

だが、見る者が見れば、容易に人を近づけない場所を選んで停泊しているのがわかっただろう。

すくなくとも、ただの漁舟ではない。

それが証拠に、篷の入口に垂《た》らした黒い垂れ幕の間から、わずかに顔を出して用心深くあたりを見回しているのは、老人ではなく、まだ若い——やっと少年の域を脱しかけている顔だった。

「まだ、漢臣《かんしん》の姿は見えませんでしょう、少爺《しょうや》(若君)」

篷の中から聞こえた声に、少年は低いうなるような声で応じた。

「遅い」

「出かけていってから、まだ一刻(約二時間)です。しかも、漢臣は陸路です。いくらあの子の脚でも、そう簡単にはもどってきませんよ」

大人《おとな》びた声の主が、幕をかきわけて顔を出した。

年齢《とし》の頃は二十歳を少し越したほど、裾の短い上衣に袴《こ》という、この近辺の村人風のいでたちなのだが、それが白面《はくめん》の書生の顔だちとはひどくそぐわない。先に顔を出した少年も、似たようなかっこうだが、こちらの方がよほど似合っていた。

といっても、やはりいわくありげなのは少年もかわりない。
十七、八歳の陽焼けした顔だちはしっかりとひきしまっているが、田舎の庶民にしては品がありすぎるし、だいいち、眼の中の強い意志の力が姿かたちを裏切っている。
その鋭い視線を青年にふり向けて、

「宝春《ほうしゅん》は？」

戴星《たいせい》はいらいらとたずねた。

「まだ、目が醒《さ》めないのか」

「薬で眠らせてあるんです。もうすこししないと目醒めませんよ」

「もう、負傷してから五日も経つんだぞ。薬で始終眠らせてなきゃいけないのか。傷の具合は」

「心配要りませんと、何度もいっているでしょう。思ったよりも浅傷《あさで》でしたしね。出血が水の中で広がって、実際よりも大仰に見えただけです。眠っている方が楽だし、治りも早いから眠らせているだけですよ。でないと、公子《こうし》と一緒で、動きまわってしまいますからね、宝春も」

青年は対照的に、笑みを絶やさずに答えた。

少年は、暗い篷の中を透かすようにのぞきこみながら、鼻を鳴らした。安心したのと、事を重大に扱ってくれないことへの不満が混じりあった意思表示である。それを敏感に感じとって、青年はまた笑った。

「だったら、どういえばご希望にかなうんです、白《はく》公子」

「そんな意味じゃない」

だが、そういう意味であることを、戴星も自覚していたのだ。

「宝春のけがが自分のせいだと思うのは、やめるようにといったはずでしょう」

「だから、そういう意味じゃないといっているだろう。しつこいぞ、包希仁《ほうきじん》」

いいながらも、視線がそれを裏切っている。視線だけではなく、身体全体を低くかがめて、篷の暗い内部をのぞきこむ。舟の幅が狭くなく、包希仁の身体が邪魔になっていなかったら、奥へ這《は》い入《い》っていたことだろう。

篷の中には、小柄な人が横たわっていた。

胴の間に粗末なわら布団をしき、うわ掛けも薄い布一枚だが、とりあえず清潔なものをそろえ、最大限の配慮をはらってある。薬の匂いだろうか、つんと鼻をつくものに眉をしかめながら、白戴星は目をこらした。

暗がりの中でも、白く浮き上がってみえるのは、十五歳ほどの少女の顔だ。元気な時には大きな杏仁型の瞳《ひとみ》がひどく印象的だったせいか、ただただ気ばかり強い小娘といった感のあった少女である。だが、こうして血の気の失せた面で固く目を閉じていると、どことなく大人びたようにも見えて目が離せなくなった。

宝春がけがをして以来、戴星はずっと不安に責めさいなまれていた。このまま消え失《き》せ《う》てしまうのではないか、手の届かないところへ、永久に去ってしまうのではないか——。

根拠のないことではないのだ。

彼女、陶《とう》宝春の祖父という老人は、この春、東京《とうけい》（開封《かいほう》）の都で重傷を負ったその直後、花の香りだけを残してあとかたもなく消えてしまった。

包希仁によれば、宝春とその祖父は、なんらかの理由で桃花源を出た花の精の末裔《まつえい》だろうという。さまざま、理由や証拠をあげて希仁が推理してみせたところでは、宝春は本人の知らぬところで、桃花源へもどる鍵をにぎっていたために狙われたのだそうだ。

最初はそんな物語のようなと笑った戴星だが、成り行きがおのれの身の上と微妙にかかわっていることを知るにつれ、笑っていられなくなった。

戴星は生まれてすぐ、陰謀にまきこまれて生母と引き離されて育っている。さいわい、養父母——実の伯父とその夫人の人柄に救われておおらかにまっすぐに育ったが、それだけに、不正によって陥れられ行方を断った生母の存在を放置しておくことができなかった。家を飛び出したところで知りあったのが、宝春と包希仁。母の行方を知る唯一の手がかりである旅芸人の花娘《かじょう》が、宝春と関わりを持つらしいとわかったのは、東京から杭州《こうしゅう》にまで旅をする間のこと。また、戴星の存在を知って刺客《しかく》をさしむけてきた勢力が、宝春を手中にして桃花源へたどりつこうと企んでいることも知れてきた。

宝春を護り、おのれの身も守りながら、花娘——本来の名を李絳花《りこうか》という女を捜し、桃花源に至る。

それが、戴星の旅の目的に加わった。

だが、やみくもに家を出てきただけの戴星が、ひとりですべてを達成できるはずがない。

包希仁と名乗る科挙に落ちたばかりの書生と、道中、長江《ちょうこう》を渡る時に知りあった狄《てき》漢臣という僧形《そうぎょう》の少年とがいなければ、戴星はよくいって杭州あたりで挫折していただろう。

それが、途中さまざまないきさつがあったにせよ、全員が長江をさかのぼり、岳州《がくしゅう》（現在の岳陽《がくよう》）までたどりついた。もっとも、刺客の手も岳州まで伸びた結果が、宝春のけがである。

直接、彼女に傷を負わせたのは、殷玉堂《いんぎょくどう》という漢《おとこ》である。

この男、実はいったんは戴星の生命を狙っておきながら、なりゆきの末に刺客の役目を放棄していたのだ。それが、ふとした誤解と行きちがいと失敗から、宝春を斬ってしまった。

「おそらく、玉堂も意図していなかったことではないでしょうか。宝春がとっさにのぼせてしまったのも事実ですし。あの漢のせいではないとまではいいませんが、不慮の事故だったのだと思いますよ」

希仁はそう、冷静にいう。

だが、戴星の論理はちがう。

あの時、洞庭湖《どうていこ》の岸辺で、戴星たちが都からの新手の刺客に襲われている時でなかったら、玉堂を説得するなりなんなり、もう少し落ち着いた対応ができたはずだ。いや、それよりも、李絳花に案内された舟にのりこむのをためらわなかったら、宝春ひとりを先に行かせるようなこともなかったし、彼女が逆上して玉堂に斬りかかるようなこともなかっただろう。

そもそも、岳州まで玉堂をつれてきてしまったのは、戴星自身なのだ。

玉堂には、あきらかに戦意はなかった。

戴星が先に舟にたどりついていれば、宝春が負傷することもなく、そして――。

（母に逢えていたかもしれない）

その舟には、生母が――生まれてすぐに、その手に抱かれることもなく別れた母、李妃《りひ》が乗っていたはずだったのだ。

刺客の危険から逃れるために漕ぎだした舟を追えば、逢えていたかもしれない。実際、戴星は冷たい湖にとびこんで、浅い水の中を数歩（一歩＝約一・五メートル）は走ったのだ。

だが、玉堂に斬られて水に落ちた宝春を目の前にして、二者択一を迫られた。

結局、宝春を助けあげる方を戴星は選んだ。

その選択がまちがっていたとは思わない。女ひとりを見捨てて、母に逢えたとしても、母はけっして喜んではくれまい。その確信はあるのだが、だからといって彼も後悔しないわけではないのだ。

宝春の顔に視線をあてながら、思わず軽くくちびるをかむ。とたんに、

「しっかりしてください、白公子」

断崖の上をのんびりと見上げながら、まるでよそ事のように希仁がいった。

「いつまでも、くよくよとしていないでください。起きてしまったことを、悔やんでも仕方がないでしょう。郎君《きみ》が毅然《きぜん》としていてくれないと、漢臣がかわいそうです。あの楽天家がすっかりしおれているのは、見ていても気の毒ですよ」

「あんな無責任なことをいうからだ。怒るのは当然だろう」

事が終わった直後、漢臣は、戴星が舟を追っていくべきだったといったのだ。血まみれの宝春を抱えて水からあがったばかりの戴星は、年下の少年を思いきり怒鳴りつけてしまった。

けが人を見捨てていけというのか、と。

以来、漢臣はしょんぼりとふさぎこんでしまい、戴星の顔色をうかがっておどおどしている。

「悪いとはいっていませんよ。だが、怒るなら、後悔しないでくださいといっているんです」

口調はものやわらかだったが、戴星の耳には痛いことばだった。

「これから先、公子はいくらでもつらい選択をしなければならなくなります。そのたびにくよくよ後悔されていては、われわれも公子を補佐することなどできなくなります」

「誰も、たすけてくれとは頼んでない。だいたい、おまえたちが勝手についてきたんだ。

漢臣が不満なら、峨眉山《がびさん》にもどればいいんだ」

かんしゃくを起こしかける戴星に、希仁は逆ににこりと笑ってみせた。

「そうはいきません。漢臣も、いまさら山へは帰れません。私たちは、そういう風に生まれついているんですから。公子も——いえ、殿下もそろそろ、覚悟を決められてはいかがですか」

後半から、口調が変わった。戴星の顔色が変わった。やわらかな物言いはそのままだが、一線をおき臣下の礼をとったいい方になった。

「それが、文曲星《ぶんきょくせい》のいい分か」

「武曲星《ぶきょくせい》の意見も、同様です」

こちらは顔色ひとつ変えず、平然と告げる。

微笑をふくんだおだやかな表情だが、両眼だけが笑っていない。自分以上に強い意志をこめて見据えられて戴星は、反発するべきか、それとも希仁たちの意見を受け入れるべきなのか、一瞬、ためらった。

「殿下」

微妙な沈黙を見すかして、希仁は容赦なく追いうちをかける。

「殿下が恐れておられるのは、運命だ天命だということばに、ご自分が流されてしまうことではありませんか。本来ならば、とっくの昔に皇太子として立てられていたはずだからといって、このまま努力も苦労もせずに、すらすらと高位にのぼってしまってよいものか、思い迷っておられるのではありませんか」

沈黙がもどる。

「殿下」

「──殿下というのは、よせ」

はぐらかした答えが、希仁の指摘が正しいことを言外にあらわしてしまっていた。が、希仁は逆らわなかった。

「では、公子。われわれからいわせれば、公子は十分すぎるほどの試練を味わっておいでですよ。ふつう、皇族として生まれた方が、こんな山奥の秘境に来ること自体、稀《まれ》──前代未聞な事態なんですからね」

白戴星とは、口からでまかせに名のった偽名で、本来の名は趙受益《ちょうじゅえき》。表向きは、皇族・八大王《はちだいおう》の長子ということになっている。だが、真実は、現在の皇帝の実の、そして唯一の男子なのである。

皇后・劉氏《りゅうし》の一派に生母が陥れられたために、真実は慎重に隠されていたが、皮肉なことに今上《きんじょう》には他に男子がなく、甥《おい》ということになっている戴星（受益）が養子として迎えられようとしている。

開封にいさえすれば、戴星はだまっていても、真実を明かさなくともやがて即位できたのだ。それを、わざわざ安楽な身分を投げ捨て、幾多の危険にさらされながら、旅をしてきた。

その無謀さはとにかくとして、苦労知らずということばは、戴星にはあてはまらない。

「おまえたちのことは、どうなんだ」

「私のこと？」

「天意だか星の生まれかわりだかしらないが、生まれた時から将来が決められて選択の余地もないどころか、こんな――こんな未熟な奴に臣下の礼を執《と》って、人跡未踏《じんせきみとう》なところまでつきあわされて――」

「わかっておいでなら、いいんですよ」

希仁は、最後までいわせなかった。

「ほんとうにわがままで、仕える価値のない人なら、そんな台詞《せりふ》はまちがっても口にしませんからね。誤解していただきたくないのは、私も漢臣も、かならずしも公子に次の皇帝になっていただきたいわけではないんですよ。安閑《あんかん》と人のあとを継ぐのがいやだというなら、たとえば他に国をたててもいい。この宋《そう》という国を乗っ取るという方法もありますね」

他人に聞かれれば命のないようなことを、またしても平然と口にすると、

「ただ、公子が何をしようと、われわれはその手足となり支えとなりたいだけなんです

よ」

しめくくった。

「何故《なぜ》だ」

「さあ、何故でしょうね。きっと、その方がおもしろい人生を送れそうだからではないですか」

「おれが——もしも、このまま皇帝になっても、そういえるか」

「くどいですよ」

天上の文曲星の生まれかわりとされる青年は、自明のことをと、さらりと笑った。

だが、戴星は疑いぶかい。

「おれが暴君になったとしたら、どうする」

「その時は——公子ひとりの命で万民が救われるなら、私も覚悟を決めますよ。でも、その前に、行いを改めてくださるなら、われわれの命など惜しむものではありませんが」

つまり、自分たちが命をかけて諫止《かんし》するか、戴星を殺すかどちらかひとつというのである。口調がさりげないだけに、希仁の本気は戴星にもよく伝わった。

「漢臣も、同様か」

「おそらくは」

「だが、あいつはおれのために、他人を犠牲にしようとしたぞ。逆じゃないか」

「いいかげん、その件については許してやってくれませんか。私だって、もしかしたら同じことをいったかもしれないんですから」

「――希仁！」

「たとえば、公子と他の人間――宝春でも他の人間でもいいですが、どちらかひとりだけしか救えないような場合、私も公子の方を救うと思いますよ。公子が生きのびられることで、この先、どれだけ多くのことができるか考えた場合、そうせざるを得ないんです」

「納得できない」

「――公子はそれでいいんですよ。ご自分の方を犠牲にして、目の前の人の危機を救いたいという気持ちは尊いと思います。より多くの人の命や暮らしを守りたいという気持ちも、そこからはじまるんでしょうから。でも、多くを助けるためにひとりを犠牲にしなくてはならない場合もあるかもしれない。さっき、つらい選択といったのは、そういうことも想定してのことですが」

　そこでちょっと息を切って、希仁は戴星をあらためて見やった。

「今さら、こんなところで公子にお説教をするつもりはありませんが、帝王になるということは、そういうこともふくんでいます。その覚悟が公子にできないうちは、私たちも無理に公子に都へもどれの、帝《みかど》になれのとはいいません。ゆっくりと考えてください。私と漢臣は、気長につきあってさしあげますから――」

そのことばの末をさえぎるように、両岸の岩に、細い口笛がするどいこだまを引き起こした。

とたんに、戴星の身体に緊張が走る。希仁もひと呼吸遅れて、身をかがめた。

黒い影が目の前の崖を降《くだ》ってきたのは、口笛に少し遅れてのことである。

ほとんどないといっていい手がかりを伝いながら、まるで峨眉山の野猿のような身軽さで降りてくるのは、戴星より少し歳下の少年である。童髪《わらわがみ》に長命鎖《ちょうめいさ》（子供のためのお守り。錠の形）を胸に掛け、その上から木製の数珠を掛けている。さらに、片手にはひと抱えもありそうな布袋をかかえながら、まったく危なげなくくだってくると、少年はとんと、舟の舳先《へさき》に着地した。

とても人間わざとは思えないことをやってのけたわりに、息も乱さず、

「今、帰ったよ、希仁さん」

明るく屈託のなさそうな声は出したが、戴星とは視線をあわせないように意識していた。

希仁もそれを承知で、

「ご苦労でした、漢臣。道中、変わったことはなかったでしょうね」

とたんに、少年は顔をこわばらせて、

「絶対に、つけられてない」

太い眉をいからせて断言した。

「強調しなくていいですよ。峻険《しゅんけん》さを考えれば、ふつうの人間では歩ける途《みち》ではないし、つけられていたとしても、この崖を降りてくるのは無理でしょうし——降りてきてもすぐにわかりますよ。念のために、しばらく見張っていてくれれば十分でしょう」

「ほら、食い物と薬」

布袋を希仁にむかって突き出して、漢臣はさっそく崖の方を向いてしまった。

「たのまれた薬草のうち、二種類ほどは見つからなかった」

「これだけあれば、十分です。よく集めてくれました」

ここに舟をいったん繋いでから、漢臣が危険を冒《おか》して崖をよじのぼり、下流の小さな村落へ向かったのは、食料を調達するためと、周辺の山中で薬草を採取するためである。

ちなみに、彼らの本当の目的地は、この流れの上流というわけではない。追っ手のことを考慮にいれて、本来、遡上《そじょう》すべき本流から、なるべく細い支流を選んで逸れたのだ。本流にもどるのは、流れのまま自然に下ればよいのだから、迷う心配はない。

陸路を行くのは至難のわざだから、これは追っ手をまくのには最高の手段だった。しかも、けが人を抱えている身だ。舟の旅しか方法がないのは、むしろさいわいといえた。

驚きは、どんな細い支流を選んでも、かならずひとつは上流に村落があったことだ。

いや、村というのには語弊《ごへい》があったかもしれない。せいぜいが十軒、時には一軒きりが、傾いた土地にしがみつくように建っているだけなのだ。住人も数人のみで、食料も衣服もほとんど自給自足の生活である。

かといって、世間からまったく隔絶されているわけではなく、外界との交流はあるらしい。

「すくなくとも、彼らは今が宋の御世《みよ》と知っていますね」

陶淵明《とうえんめい》の『桃花源記』をふまえて、希仁が冗談まじりにいったものだ。

陸路はほとんど使えないが、水路をたどれば隣の集落まで一気に行ける場合もあるのだ。

土地は瘦《や》せているが、目の前の川からは魚が取れる。山の獣を狩るという手もあるし、山草も十分食料になる。中には貴重な薬草として、下流の城市《まち》にまで持っていけば高く売れるものもある。そうやって数か月に一度、下流へ出て、必需品——たとえば塩などを買ってくるのだと、途中、ことばを交わした村人が語っていた。

ただし、希仁が漢臣に薬草をさがすように命じたのはその話を聞く前である。漢臣から薬草の袋を受け取ると、舳先近くでさっそく広げ、一種類ずつ、小刀で切り刻んだり浅瀬からひろいあげてきた丸い石ですりつぶしたりしはじめた。

漢臣は、とがった舳先に陣どって崖をにらみあげる。陽は、とっくの昔に傾きかけている。それでなくてもほぼ垂直に深く切りこまれた渓谷の底には、すこし前から薄闇がただよいはじめていた。

ひとり、手もち無沙汰《ぶさた》な戴星は、ふたりのようすを二、三度みくらべていたが、どちらもとりつくしまがないと見極めて、おとなしく胴の間の篷の下へ入っていった。

「漢臣」

視線は手もとに集中させたまま、希仁が呼んだ。

「公子にもいったんですが、いいかげん、意地の張りあいはやめてくれませんか」

「だって、師兄《しけい》」

少年は、油断なく周囲に目を配りながら、ぷんと口をとがらせた。

「あれから、ずっと考えてたんだ」

漢臣はさらに考え考え、まるで一生の秘密をうちあけるような真剣な表情で、告げた。

「だけどさ、やっぱり、おいら、悪くないと思う」

「私もそう思いますよ」

と、希仁はこちらも簡単にかたづけた。

「われわれが、白公子の事情を優先させるのは当然のことです。宝春は、郎君《きみ》が助けておくつもりだったんでしょう。宝春を見殺しにしろという意味じゃなかったことぐらい、わかっていますよ、公子にも」

「だったら、なんで謝れっていうのさ」

「謝罪しろなどといったおぼえはありませんよ。意地の張りあいをやめろといったんです。ふたりとも、お互いの立場も気持ちももう、十分に理解しているはずですがね。問題は、感情の点だけでしょう」

「そりゃ、そうだろうけどさ」

「公子が嫌いですか、漢臣は」

「──正直にいうとさ」

あまり直截《ちょくせつ》に問われて、とまどいながらも少年は懸命に答えようとする。

「あまり、好きじゃなかった。最初は、特にね」

「今は？」

「──くやしいけれど」

くちびるを軽くかみ、視線を落として、

「ちょっと見直した」

小声で、つぶやいた。

「誤解しないでおくれよ。自分のことより、宝春さんの方を優先したからっていうんじゃないよ。えらいことだけど、偽善者だってできることだからね。だけど、そのあと、公子はおいらのこと、怒鳴りつけただろ」

「そんなことで？」

「思ってたんだよ。苦労したっていったって、ちゃんと養う親がいて、まわりには面倒を見てくれる人がいっぱいいたんだろ。学問は師兄と対等に話ができるぐらいあるし、武術だって、おいらほどじゃないにしてもたいしたものだよ。どちらも、さぞ立派な師匠についたんだろうとわかるよ。恵まれてたっていうのは、師兄も認めるだろ」

漢臣は幼いころに両親を失い、峨眉山の王一空禅師《おういっくうぜんじ》にひきとられた。そこで武芸を学びながら成長したわけで、一空禅師も弟子を慈しんでくれたし、漢臣も好きな修行ができたことに満足はしている。

だがやはり、家族の愛情につつまれて育つのとでは、格段の差があるだろう。

うらやましいとは思わない、と漢臣はいう。だが、

「いい気なもんだって、思ったよ。おいらがいくら無礼な口をきいたって、知ったことじゃないって顔で聞き流してたじゃないか」

実は、そういう意味ではないことは、希仁が承知している。

戴星はおのれの存在に、ある種の自信、自覚のようなものを持っている。ないがしろにされたり、欠点をあげつらわれたり、他人の悪意にさらされたとしてもそれをさらりと浄化してしまう勁《つよ》さと度量を、あの若さで備えている。

歳下の漢臣に多少無礼な口をきかれたぐらいで、怒るほど狭量ではないし、それが希仁が、戴星をあるじたるべき人物と見定めた理由のひとつでもあった。

それを傲慢《ごうまん》ととるのは、漢臣の物の見方が浅いせいだ。だが、それはまだ若いせいと、おそらく学問をしていないためで、悪意からではない。だから、希仁はそのまま先をうな

がした。

「それがさ、ちゃんと怒れる人なんだなって思ったんだよ。おいら相手に、本気になったなってさ。天子さまになる人だか、おいらが仕えるべき人だか知らないけれど、本気でけんかができる相手じゃないと、つきあいきれないと思ってたからさ。だから、見直したんだよ」

「そうですか」

再びうつむいた希仁は、くちもとをうれしそうにほころばせた。

「この分なら、私が心配することもなさそうですね。この旅が終わるころまでには、もっとお互いのことがわかるでしょうし」

「——でもさ、師兄。この旅って、いつ終わるのさ」

「桃花源を見つけて、公子の母君をお救いして——それから、公子を無事に東京へ送り届けて、ようやく終わりです」

「永久にそんな日がこなかったら？　あ、いや、疑ってるわけじゃないよ。だけど——」

「そうですね。武陵《ぶりょう》で李絳花と落ちあう約束はしましたが、その手順はなにも決めていないし、ここまで来て逢えないからといって、すごすごもどるわけにもいきませんしね。それに、もうひと組、かならず追って遡上してくるはずですし。これはまだまだ、前途《ぜんと》遼遠《りょうえん》ですが。でも、なんとかなるでしょう」

「ずいぶん楽観的だね、師兄」

「今までも、なんとかなってきたんです。こうなったら、公子と我々の運の強さを信じるしかないじゃないですか」

外の話し声はぼそぼそと低く、耳をすましても川の水音にさえぎられて、断片的なことばしか聞き取れなかった。

それでも、漢臣のすこし高い声は比較的はっきりと耳の中で形になった。

正直なところをいえば、漢臣が旅の仲間にくわわって以来、醒めたような小生意気な態度が気にはなっていたのだ。自分が、無条件で他人の尊敬を勝ち得るほど立派でないことは承知しているが、だからといって批判的な視線を無視できるほど鈍感でもない。漢臣の敵意ともよべないほどの敵意の理由を、察知できるほど聡《さと》くもない。

それが、指先にささった棘《とげ》のように気になっていたから、あの一刻を争う時、つい怒鳴りつけてしまったのだ。

だが、これで傷跡は残っているものの、棘は一応、ぬけたことになる。

我知らず、ほっと胸をなでおろした、その息づかいが聞こえたのだろうか。

「――白公子？」

細い声が起こった。

「ここにいる。宝春」

身をのりだして顔を見せてやると、少女は半眼のままにこりと笑った。

「痛むのか」

「いいえ、喉が渇いたの」

「ちょっと待て」

水は舟の外にいくらでも流れているが、生では飲めない。飲用の水は、昼間、村落に立ちよった時に桶《おけ》に汲《く》んで、この胴の間の中に置いてある。膝《ひざ》で這いより、木製の椀で汲んでやると、宝春は自力で上体をゆっくりと起こした。

「無理するな」

「心配、いらないのよ。もう、傷口はふさがっているし、痛みもほとんど、ないの。希仁さんの、薬のおかげ」

息がすぐ切れてしまうのは、薬の効果がまだ抜けきっていないせいだろう。けが自体は、本人もいうとおり、無理さえしなければ傷口が開く心配も、ほぼなくなっているという。

「おいしかった」

ひと口だけ飲んで、椀を返しながら、

「ねえ、漢臣さんのことだけど、白公子」

「そのことなら、もういい」

「どう、いいの？」

「許せというんだろう。だけど、おれに怒る資格はない。だから、許すも許さないもない」

むっと、声音を落として戴星は答えた。ただし、怒気をはらんでいないのは、宝春にも伝わったようだ。

「――わかってるなら、いいわ。あたしのせいで、仲違《なかたが》いなんかしてほしくない」

いってから、ふふと笑った。

「何がおかしい」

「だって、まるでふたりがあたしを争ってるみたいじゃない、この言い方じゃ」

「十年早いせりふだな」

「じゃ、十年後を見てるがいいわ」

打てば響くように、宝春はいいかえした。どうやら、気力の方は本来の彼女にもどりつつあるらしい。宝春はそこで小さく声をたてて笑ったが、戴星はにこりともしない。

「どうしたの、白公子」

「――すまない」

「よしてよ。謝られるいわれはないわ」

「だが、けがの責任の一端は、おれにあるわけだから」

「それこそ、よして。あたしは、自分の身は自分で責任をとるわ。公子に謝られたら、あたしだって謝らなきゃならなくなる。あたしがけがをしたせいで、お母さまに逢えなかったって」

「それは、いい」

「よくないわ。だいたい、いままで、お母さまがどんなようすだったか、訊《き》こうともしなかったじゃないの。あたしに遠慮？　だったら、やめてよね。訊きたくないわけがないぐらい、あたしにだってわかるわよ」

血の気の失せた顔を真剣にこわばらせて、宝春はむきになった。

「だから、それはいいんだ。少しだったが、姿は見た」

「見たの？」

ほんの一瞬だが、それらしき婦人の姿は目に焼きついた。だからこそ、後を追って湖にとびこんだのだ。

「史鳳《しほう》姐《ねえ》さんと一緒にいたのが、そうだろう」

「――だったら、御目のことも？」

「そうじゃないかと思った」

やつれてはいても、なんとない気品の漂うその小柄な婦人の、両の目は固く閉じられていた。戴星の呼ぶ声に顔をふり向けてなお、目を開く気配はなかった。

あれがたしかに戴星の生母・李妃《りひ》であったとして、そしてこの後無事に逢えたとしても、成長した戴星の姿を見てもらうことはできないだろう。

「──どうするの？」

「考えるまでもないじゃないか。御目が不自由なら、なおのこと、おれがそばにいてさしあげる必要がある」

「逢えると思う？」

「逢いたいと思う」

宝春の前で、素直に本音を口にだしているおのれに、戴星は内心でおどろいた。長江沿いの金山寺《きんざんじ》で別れるまで、旅の間、ずっと口げんかが絶えなかった相手である。別行動をとっている間に、多少なりとも頭が冷えたのかもしれない。でなければ、今の宝春が傷ついて、弱っているせいだと戴星は、内心でいいわけをした。たしかに、今の宝春は以前にくらべればずっと気弱になっている。

「おまえはどうなんだ。李絳花に逢いたくないのか」

李妃を保護しているという女、元・旅芸人の花娘こと李絳花は、宝春の出自を知っているはずだった。東京からその足どりを追って、やっと岳陽楼《がくようろう》で対面を果たしたのは、宝春の、自分が何者かを知りたいという希望によるものだったはずだ。だが、

「——あたしは」

宝春は一瞬、視線をそらした。

「わからないのよ。このまま、逢わない方がいいような気もするの。本当のことを知るのが、いいことなのかしら。あたしがどこの誰でも、かまわないことじゃないかしら？」

「宝春」

「白公子も、岳陽楼で見ていてわかったでしょう。あたしは、あの人の前に出るとあたしじゃなくなる」

事情は、希仁からも聞いていた。李絳花は宝春に向かって、「綏花《すいか》」と呼んだ。そして、呼ばれて応《こた》えた声は、宝春のものではなかった。

その昔、桃花源から人間《じんかん》へ逃げ出した女で、絳花の妹。彼女とともに行けば、桃花源に至る道が開ける——その女の魂魄《こんぱく》だか記憶だかが、綏花の子孫とおぼしい宝春の内部に眠っていたのかもしれないと、希仁たちが頭を絞って推測をした。宝春が狙われた理由も、きっとそこにあったのだろうという。ただし、それが正しいかどうかは、戴星たちにもわからないことだ。

その一方で、おのれの正体はわかった、狙われた理由も、それらしいと知れた。だからここまででいい、と宝春は弱気だった。

「あたしの中に、別の人が巣喰ってるのよ。それがあたしに敵意がないことはわかるけど、でも、気味が悪い。自分でなくなるのがこわい。桃花源とやらにもどったら、あたしは完全にあたしじゃなくなるんじゃないかしら。だとしたら――」

「人間に在《あ》る方がいい、このまま川をくだって人の海に紛れた方がいい。一生、身体の内に綏花を眠らせておけばいい」

戴星は、そこで急に真剣な目になった。

「ほんとうに、そう思うか」

「――わからない」

気圧《けお》されて、宝春は迷う。

「宝春が真実、そう願うなら、このまま川をくだってもいい」

「だって、お母さま――」

「逢って、よろこんでくれるかどうかはわからない。おまえなど知らないと拒絶されたら、どうしようと思う」

母親としての情はあっても、宮中の記憶が障害となることもあるだろう。

「それに、さすがに都の方の動きも心配でないわけじゃないんだ」

彼の不在は、もう二月以上にわたりかけている。それを隠匿するために、養父である八大王夫妻が苦心していることは想像に難くない。

「それでも、本音は逢いたい。拒否されてもいいから、ひと目だけ見て、この人から命をうけついだんだと確かめたい。でも、宝春がいやだというなら、帰る」

「あたしのせいにされるのはいやよ」

「責任をおしつけるわけじゃない。だけど、おれの都合を強制したくもない」

「………………」

「どうする？　明日は、武陵に着く。ひきかえすなら、武陵からだ。そこから先へ出発してしまうと、簡単に帰るわけにいかないぞ」

おだやかに、なだめるような声音で戴星はうながした。

「白公子――」

「なんだ？」

「気のせいかしら。なんだか、大きくなったみたい」

「たった数日で、目に見えるほど背が伸びたりするかい」

「そうじゃないったら」

笑っていいのかむきになった方がいいのか、よくわからない表情で宝春は反論する。

「――白公子」

結局、宝春が返事をする前に、外から声がかかった。

「宝春の傷薬を取りかえます。席をはずしてください」

片手に薬の木鉢、片手に灯をともした小枝を持って、希仁がはいってきた。戴星は眼で笑って、おとなしく外へ出た。出たところに、漢臣が立っていた。火をつけた柴《しば》の束を持って、足もとを照らしている。

先に口を開いたのは、戴星の方だった。

「こんなに暗くなってたか」

「足もとに気をつけなよ。水に落ちたら、さがすのがひと苦労だからね」

どちらも、謝罪のことばなどひとことも口にしない。それでも、これでふたりとも和解が成立したと納得している気配がわかるから、不思議といえば不思議。案外、あれで息があっているのかもしれないと、篷の中で希仁がひっそり苦笑した。

「飯は、もうすぐできるからね。毎日、山菜と焼魚ばっかりで飽きちまったけどさ。武陵に着いたら、もすこしましなものが食えるかなあ」

漢臣の声がこころなしかはずんでいるのが、希仁にはおかしかった。

本流である長江の流れに比べれば、洞庭湖に流れこむ沅水《げんすい》は水量も少なく、さほど急流ともいえない。

それでも、漢臣ひとりの力で舟をあやつるとなれば、大事だった。本来、急な流れは岸から綱を渡し、人力で舟を引く。浅い瀬であれば、やはり人が綱を腰に結んで引き上げるのである。漢臣も、細い支流に逸れる時には、ためらわずに水中に降りた。

開封を出た時は、まだ浅い春だった。

温暖な江南《こうなん》は、花の季節を過ぎてすでに夏の気配さえ漂わせている。もっとも、山中から流れ出る水は気温の変化の影響をあまりうけないもので、小柄な漢臣にはつらいものがあっただろう。

漢臣ひとりが舟を引くはめになったのは、戴星には舟を引くだけの力がない上、彼までが降りてしまうと舟の舵《かじ》をとる者がいないからだ。宝春はけが人だし、希仁ときては不器用で、舟を岸にぶつけかねない。

そんなわけで、さすがの希仁も舟が動いている最中はこころもち小さくなっているのが常だった。

だが、戴星と漢臣、ふたりの息が合うようになって、舟の速度もあがったようだ。

次の日の午《ひる》ごろには、一行の舟は武陵の街にたどりついていた。

「まず、腹ごしらえだよ。人さがしは、その後にしておくれよ。頼むから」

漢臣の主張がすんなりとおったのは、口には出さなかったが、やはり皆、魚が主の食事に飽き飽きしていたからにちがいない。

山中とはいえ、このあたりまでは小型の荷舟もはいる。周辺の山から採れた産物と、下流から運びあげてきた物資との集散地が、武陵なのだ。特に、深い山中から切り出してきた大木は、美材として高値で取引されている。岳州ほど大きくはないが、家並みもある。墟《きょ》（市場）は人でにぎわっている。

ここで、彼らはさらにこの先のための糧食と物資をととのえることに決めた。

漢臣が舟に残ったのは、宝春の護衛のためだ。傷の回復が早いと判断して、その朝から希仁は眠り薬の投薬を打ち切った。だから、起き出して、朝食の支度を手伝いはじめてはいるのだが、ひとりにしておけないことにはかわりない。

最初、戴星は、希仁との同行をいやがった。あいかわらず農民の姿が板につかないというのが、その理由だったが、戴星ひとりで行かせるのは不安だという希仁の主張の方が通ってしまった。

「おれひとりになると、何をするというんだ」

「行方不明になった実績がおありでしょう」

「それをいうなら、東京の義父や義母にとっちゃ、おれはいまだに行方知れずだ」

「威張ることではありませんよ、まったく。狄妃《てきひ》さまに顔向けのできないことだけは、していただきたくないものです。いえ、私のためではありません。郎君《きみ》のためなんですよ、公子」

「わかっている」

いいながらも、目は肉屋の屋台をむいている。漢臣ほどではないが、やはり彼も食べ盛りの頃なのだ。他にも、穀類、豆類も意外に豊富に扱っているが、江南もこんな山中にまで来ると米は少なく、また高価である。

「宝春に、買っていってやりたいんだが」

身体が弱っている彼女に米の粥《かゆ》や肉を食べさせられれば、回復も早いだろう。

「同感ですが、見ず知らずの人間ということだけでも目だっています。高価な物を買っては、よけいに人目をひいてしまう。ここは、我慢してください」

雑穀のうちでも屑《くず》のようなものを、ほんの少しずつ、数か処でわけて買うように希仁は指示した。戴星を買物に遣って、彼自身は物陰にかくれたのは、楽をしようという魂胆からではない。生白《なまじろ》い顔はどうかくしようもなかったし、なめし革のような土地の人々の間に入れば違和感は拭えない。すこし上品すぎるが、浅黒く陽焼けしている戴星の方が、不審をいだかれずにすむだろう。

そう判断したのだが、戴星はすぐにひきかえしてきた。手には、ひとにぎりほどの穀類の袋を持っているきりだ。

「どうしました。売ってくれないんですか」

「奴らだ」

ひとことで、希仁は意味を理解した。

開封からさしむけられてきた刺客の一行にちがいない。

「――たしかですか？」

「顔は見おぼえがない」

たとえ、以前に襲ってきた連中がいたとしても、乱戦の中でそれと認識できるのは、せいぜい数人である。

「だが、肉と酒、それにあの米を、迷いもせずに買っていった」

すくなくとも、この周辺の住民ではない。

「ほら、私がいったとおりでしょう」

「そんなことをいってる場合か。後をつけるぞ」

洞庭湖での一件のあとで雇われた連中なら、おぼえがないのも当然だし、逆にこちらの顔も知らないだろう。だが、そうと確証のない連中をつけるのは、危険というより無謀すぎた。

「賛成できません――といっても、やめる気はないでしょうね」

「あたりまえだ。行くぞ」

戴星は、軽く身をひるがえす。見ていて小気味がよいほどの機敏さである。左手は自然に、腰帯にはさんだ棒をつかんでいた。三本の棒に見えるが、実は端同士を鉄の環でつないで、一本に伸ばせるようになっている。三節棍《さんせつこん》とよばれるそれは、刃物ではないが、使い手の技量によっては刃物よりも危険な武器になり得る。戴星がこの武器に習熟しているのは、三節棍一本で、殷玉堂という稀代の武芸者と互角にわたりあってきたという実績が証明していた。

あわてて後を追いながら、希仁がふと、疑問を口にした。

「雷允恭《らいいんきょう》自身は、どうでしょう。ここまで、来ているでしょうか」

戴星を目の敵にしている皇后・劉妃《りゅうひ》の一派で、宮中を牛耳る宦官《かんがん》の長、雷允恭が岳州に姿を見せたのは、つい先日のことだ。彼の巧妙な誘いを手厳しく拒絶したがために、刺客に襲われる羽目となった。だが、

「宮中で安閑と暮らしていた奴だ。それに、東京を長い間あけては、他の連中から不審に思われる。本人は、すでに帰ったと見るのが妥当だろう」

戴星は、楽観視する。

「同感です」

と、めずらしく希仁も同意した。ただし、

「でもその分、やりにくくなりますよ。なにしろ、命令を変更できる人物がいないのですから」

きちんと、その先を読んでみせる。

「命令を実行するか、連中がすべて動けなくなるか——そうなるまで、追及の手は止まりませんよ、きっと」

「なら、動けなくしてやるまでさ」

「いけません。相手の居場所と人数、顔ぶれを確かめたら、すぐにここを離れましょう」

ふたりとも用心深く、先へ行く人影をたしかめながら声をひそめての会話だ。人通りがさほど多くないだけに、見失う心配はないが、逆に怪しまれる可能性は高い。世間話に夢中になっているふりを装いながら、

「だが、それじゃいつまでたっても連中がついてくるぞ」

戴星は反論する。

「それ以上の危険は、冒せません。こちらは、けが人をかかえているんですよ」

「だが、李絳花との合流はどうなる」

「もう少し上流で待ちましょう。川を見張っていれば、きっとわかるはずです。さいわい、ここから先の川はそれほど広くないし、遡上する舟だけに注意すればいいわけですから」

「——わしが案内して進ぜましょうかな」

不意をつかれて、戴星もさすがの希仁もあやうく悲鳴をあげるところだった。

狭い泥だらけの道端に座りこみ、ひろげた筵《むしろ》の上に申しわけのように山草をならべる男がいた。深くかぶった竹笠の破れ目からちらりとのぞいた、その眼に思いあたったのは、戴星の方が先だった。

「おまえ——崔秋先《さいしゅうせん》」

「ごきげんよう、白公子に落第書生どの」

嫌味のつもりだったとしたら、希仁にはいっこうにこたえないせりふだった。なにしろ、科挙には落とされたのではない、自分から望んで落ちたのだから、恥じるところはない道理だ。

ともあれ、笠の下からは予想どおり、おしつぶした蟾蜍《ひき》のような老人の顔が現れた。

「やはり、つけてきたか」

「誤解なさるな。このあたりは、もう儂《わし》の故郷のようなもの。年に何度かは、来ておりますのでな」

「桃花源に入る方法をさがして、うろついていたわけか」

「し……っ」

制止はしたが、あまり本気ではなかった証拠に、両眼が笑っている。ただし、好意的な笑いでないことは、双方ともに承知している。

この崔秋先という老人が、宝春と桃花源をめぐる件の、すべてのはじまりなのだ。この老人、かつて若い頃にどうにかして桃花源へ至る道をみつけ、もぐりこんだ。そして、李綏花をそそのかして、人界へ連れ出したあげく、捨てたのだ。

もっともこれは、綏花の姉の李絳花の主張で、崔秋先本人の申し立てはまた、別にあるのかもしれない。

ともあれ、それ以来、桃花源へ至る道は失われた。ただ、綏花を連れもどれば、桃花源も彼女を受け入れるだろうと、これも李絳花の言である。

一方、崔老人もふたたび桃花源へはいる方法をさがし求めているという。

その間、およそ六百年。

六百年の間、姿かたちは老いたが、まちがいなく生命は保っている。李絳花もまた、おなじだけの時間を、こちらは姿も若いまま、江湖《せけん》をさすらっている。なるほど、桃花源に至れば永遠に生きられるという流言も、あながち嘘ではないと思わせる、生きた見本なのである。

劉妃一派が当初、崔秋先と手を結んで宝春の身をねらったのも、事実に説得されてのことだろう。桃花源には、何かがある。劉妃の目的が何か、戴星には知るよしもないが、どちらにせよ彼らの手に入ればろくな事態になるまいという予感だけはする。

とすれば、こうしてむこうから接近を図ってきてくれるのは好都合なのだが、はたしてどこまで本気でこの老人が戴星たちの味方をするのかがわからない。

劉妃一派と、一心ではないことはわかっている。彼は、彼の都合と論理で動いているのだ。彼にとって桃花源へ入ることが至上の目的であり、今のところ、桃花源へ至る鍵のひとつを手中にしているのは戴星たちである。劉妃一派は、なにも持っていないどころか、何度も仲間同士の小さな裏切りを重ねている。老人が見切りをつけたとしても、不思議はない。

だが、崔老人が身辺にあらわれると、李絳花との合流があやうくなるという事情もある。李絳花にとって崔老人は、妹を手折《たお》って人界の泥で汚した極悪人である。不倶戴天《ふぐたいてん》の仇をふたたび桃花源へ招きよせるような真似だけは、絶対にしないだろう。

戴星は迷った。

この老人を、ここで身辺に近づけてよいものかどうか。

希仁もとっさには判断ができないまま、三人は自然に歩調をあわせていた。

「――案内とは、どういう意味だ」

老人としゃべるのは、戴星である。希仁は何故か、ぴたりと口をつぐんでしまった。崔老人も希仁には遠慮があるのか警戒してか、無理に話しかけようとはしない。

「なに、李絳花などを待たずとも、この上流のことなど、手にとるようにわかっております。前を行く、ほれ、あの連中など出し抜いて、ご案内申しあげることもできる道理での」

「なんだ、妖術でひと飛びに行くというわけじゃないのか」

「このあたりは、気が強うございましてな。めったなことでは、使えませぬのじゃ」

「肝心な時に使えないんじゃ、意味がない。じゃ、例の壺《つぼ》の術も使えんのか」

この老人、最初に開封でみかけた時には、壺を用いて目戯《めくら》ましを演じていた。目戯ましだけでなく、壺に飛びこんだら別の場所に出たという経験を、戴星は実際にしている。どうやらこの老人、時と空間を、自在に曲げることができるらしいのだが、

「なにかに飛びこんだら、桃花源にはいっていた——なんて力はないのか。役立たずな術だぜ」

戴星の悪態は、挑発である。案の定、

「その力を持つのは、例の香炉——容華鼎《ようかてい》だけで」

と、本音を吐いた。

「楽をしようとはいわない。だが、もすこし近くまで一気にいけないか。こちらにはけが人がいるんだ」

「承知しております。だが、以前にも申しあげましたはずじゃが、あの術は行き先を恣意《しい》で選べませぬ。本人が行きたいところではなく、行かねばならぬ場所に出てしまいますのでな。今、公子に術をほどこせば、ふりだしに——そうですな、今だと都の八大王さまのお屋敷へ、確実におもどりになってしまいますぞ」

入口は自在にあやつれるが、出口が思うままにならないという理屈は、以前にも聞いている。開封では、大きな壺に飛びこんだら、皇城の中に出てしまったという経験も、戴星はしている。下手にこの老人の術に身を託すと、開封にひきもどされてしまう——ぐらいのことは、予想していた。

だが、今の崔老人の口調は、八大王の屋敷と限定して、妙に思わせぶりなのが戴星の勘にひっかかった。

「——どういう意味だ」

「は？　なにかお気にさわりましたかな」

「父上の身になにか、あったか」

「とは、どちらの父君のことをお尋ねでしょうかな」

「ふざけるな」

老人の衿首《えりくび》をつかんで締め上げそうになった腕を、希仁が静かに止めた。

「公子」

「止めるな、希仁。こいつ、何か知っていて人を挑発しているんだ」

「わかっているなら、その手に乗ることはありません」

希仁が冷静になだめると、戴星の手から逃れた崔老人がその尻馬に乗った。

「さすがは、頭のよい御方は話のわかりがちがう。今から東京にもどったところで、帝のご病気にも、八大王さまの窮地にも間にあいませぬでしょうから、なあ」

「——何？」

希仁の手をふりきって飛び出した、その頭上に、

「あぶない、公子！」

希仁の声とともに、魚網のようなものがばさりと覆いかぶさってきたのだ。

小さな城市《まち》のことである。すこし歩いただけで、人気のまったくない場所に出てしまっていた。

敵の意図としては、戴星を網でからめとってしまうつもりだったのだろう。さいわいしたのは、それが戴星ひとりをねらっていたもので、希仁にはかすりもしなかったこと、それに戴星が予想以上に敏捷に動いたために、網は右半身にからみついただけですんだことだ。

戴星の左手は、このとっさの場合に腰から三節棍を抜き取って、敵の攻撃に備えている。

だが、右腕から網がはずれない。前もってたっぷりと濡らし、衣服にからめて容易にふりはらえなくしてあったのだ。おまけに水を含んだ網の重量は、戴星の動きを確実に鈍らせた。

三節棍では網は断ち切れず、刀子《とうす》はふところ深くはいっている。三節棍を手離すわけにいかなかったのは、戴星の目の前にばらばらと、屈強な男たちが現れたからだ。

「畜生、裏切り者！」

目の隅にちらりと映った崔老人にむかって悪態をつくと、戴星は三節棍を最大限に伸ばしてふりまわした。

老人は、とっくの昔に武器の届かないところまで逃げ出している。この老人の逃げ足の

早さは、先刻承知していることだから、戴星は深く追わなかった。棍の先端が風を切る音とともに、

「希仁、逃げろ！」

ためらうことなく、戴星は叫んでいた。だが、

「そういうわけに、いきませんよ」

ため息まじりに間延びした、妙にこの場にそぐわない返事がもどってきた。その間に、戴星の三節棍は、かかってきた男たちのひとりの顎《あご》を砕いている。

「つべこべいわずに、逃げろ。足手まといなんだよ」

実際、男たちの注意は希仁にもむかっている。彼を先に捕らえて、戴星をおとなしくさせようとは、誰でも考えつくことだろう。そんなことを読めない彼でもないだろうに、

「主君を見捨てては、臣下の立つ瀬がありませんよ」

「おい」

そんな、建前にこだわる漢ではなかったはずだ。なにを、ねぼけたことを——と思う間に、希仁はたいした抵抗もできないまま、あっさりと捕らえられてしまった。

「莫迦《ばか》——！」

その間に、二、三人の手から武器を跳ね飛ばしていた戴星は、歯ぎしりして悔しがったが、追いつかない。

「得物《えもの》をお捨てください、公子」

「岳陽楼の刺客か」

戴星は、我知らず奥歯を嚙みしめた。

男どものうしろから出てきた顔には、見おぼえがあった。雷允恭に影のように従っていた宦官である。宦官といっても、武術の腕はあなどれない。すくなくとも、戴星の腕よりは数段上手で、岳陽楼で一度立ち会ったが、悔しいがほとんど歯がたたなかった。あの時、狄漢臣が援軍に来てくれなかったら、どうなっていたかわからない。

腕の問題だけではない。

この宦官には、陰惨な匂いがつきまとっていた。

思えば殷玉堂も冷酷で、血の匂いを身体にまとわりつかせているような印象があったが、それでも人らしい感情の起伏はあった。打てばそれなりに響くような手ごたえがあって、戴星はそれを高く評価していた。

それが、この目の前の刺客にはない。その微妙な差異が、戴星に微妙な影響を与えていた。気迫が削がれるとでもいうのだろうか、立ち向かう力を失うような気がするのだ。漢臣がこの場にいたなら、ふたりがかりでなんとかなっただろうが、希仁とでは抵抗してけがをするだけ莫迦らしい。

口の中で小さく舌打ちをすると、戴星は三節棍をわざと音がするように投げ出した。

「御身に触れるような非礼は、したくございませぬ。ふところの物も、お出しくださいますよう」

「なんでも、お見通しだな」

刀子をとりだし、皮鞘《かわざや》のまま砂埃《すなぼこり》の上へほうり投げる。

「最初に申しあげます」

男は丁重に、だが顔の表情ひとつ変えずに告げた。

「わがあるじの命令にございます。おとなしくご同行くださるならば、御身に危害を加えることはいっさいございませぬ、それは、お連れの方に関しても同様。故にご自重くださいますよう、切にお願い申しあげます」


おなじ頃。

ところは変わって、開封の都である。

宮城の皇后の居室に、人目を忍んですべりこんだ者がいる。

「一大事にございます」

御簾《みす》の外から、声をひそめてささやく人影に、

「なにごとです」

劉妃《りゅうひ》はゆっくりと身を起こした。午《ひる》ちかくまで寝《やす》んでいたのは、このところ風邪気味で体調がおもわしくないためだ。気は焦《あせ》るのだが、思うように身体が動かない。それで、なお、いらだたしい思いがつのる。その悪循環だった。

もともと病弱で政務の意欲にもとぼしい帝は、劉妃が事実上、後見役となってからは、ほとんど政《まつりごと》を見ようとしなくなっている。皇后を信頼して、任せるというのだ。それをいいことに、枢密使《すうみつし》の丁謂《ていい》や実兄の劉美《りゅうび》を側近として、政務を切り回してきた。一国を女の身が思うさま動かすことに、快感を覚えていたのもたしかだし、それを揺るぎないものにしたいという欲求がなかったといえば、嘘になる。

だから、最近の体調不良と、政務を思うように執れないことが、劉妃の神経をことさらにとがらせていた。

「ただいま、大家《たいか》（皇帝をさす宮廷ことば）のもとより密使がいでまして――」

ちなみに、帝も現在、同じく風邪だとかで伏せっているはずだ。いつものことだと思って、気にもとめていなかったが、どうやら熱が続いているらしい。それが、使者を出したというなら、よほどのことを誰かに伝えようとしたことになる。

「どちらへ？」

「八大王さまのお屋敷と――」

「使者のおもむきは？」

「東宮《とうぐう》（皇太子）の件」

御簾の外の人間は、どの回答も最後まで告げることができない。矢継ぎ早な質問に、即答するのがやっとのことだ。

「なぜ、そうとわかりました」

「魯宗道《ろそうどう》どのをはじめ、東宮づきとなる予定の方々が、次々と御前に集められているもようにて」

「で、そのご意向は」

「どうやら、大公子《だいこうし》（長男）に逢いたいと仰せいだされたための、使者にございま――」

そのせりふは、ちいさな悲鳴で途切れた。劉妃が枕もとの水注《みずつぎ》を、いきなり投げつけたのだ。

「も、申しわけございませぬ」

当りはしなかったが、水が撥《は》ねたのだろう。御簾の外で、その男とも女ともつかぬ声は、平伏した。

「――それだけですか」

「は――」

「密使のおもむきはそれだけかと、たずねています」

「は、判明していることは、今のところ」

「八大王さまの対応は」

「それは、いまだ――。たった今、お使者が出たばかりでございます」

「よろしい」

肩で息をしながら、劉妃はふたたびゆっくりと横になる。

「それならば、この後も大家の一挙一動から目を離さず、もれなく報告をしてくるように」

「娘子《じょうし》（女性に対する尊称。皇后）、ご気分がすぐれられぬごようす。誰か、人を――」

「よい。今、しばらくは誰も呼ばないで。そなたもさがりなさい。誰も近づけるのではありません。八大王家へむかった使者がもどったら、また報告を」

「は――」

懇願にも近い命令に、素直に声は従って気配を消す。

「……心配はいらない」

ほうと肩で息をついて、劉妃は褥《しとね》をにぎりしめた。

みずからに言い聞かせるように、小さく何度もつぶやく。

「心配、ない。たとえ大家が、あの公子に逢いたいと仰せられたところで、当人は遠い江南。うまくすれば、息の根が止まっている頃おいだもの。逢える道理がない。大家が太子に立てたいというご意向でも、都にいない者をどうすることもできまい」

劉妃は、帝に対して表向きには、八大王家の公子の立太子に反対を表明していない。せいぜい、不快感を匂わせる程度だが、それでも劉妃に遠慮がちな帝には十分だと思っていた。

だが、このありさまはまるで、劉妃が体調を崩すのを待って、その隙をねらったようだ。おとなしくやり過ごして、劉妃に任せているようでいて、案外、したたかな帝のやり口を知らされたようで、愕然《がくぜん》ともなった。

だが、正式に立太子ということになれば、当然、百官の前で儀式を行う必要がある。本人がいなくては、儀式も典礼もあったものではない。

「無断で家を飛び出すような不埒者《ふらち》だと知れれば、大家が太子にと望んでも、他の者らが承知するかどうか。病だといういいわけも、どこまで効力があるものか。今すこし、もうすこしの辛抱。もうすぐ、雷太監《たいかん》がもどってくれば、あれが手に入る。そうしたら、八大王の大公子だろうが二公子だろうが、百人来たところでどうにもできなくなる——」

ほっと、息をつき、青ざめた瞼《まぶた》を閉じる。

「明日は、起きて、大家のもとへ参らねば。立太子のこと、今しばらくお待ちくださるようにと。明日こそは——」

その明日の先に、何が待ち受けているか、劉妃も他の人間も、知るよしもなかったのである。

第二章　落英繽紛《らくえいひんぷん》

武器はとりあげられたが、手足は何故《なぜ》か拘束されなかった。

指一本触れない丁重さは、気味が悪いぐらいだった。しかも、こんな山中の街にしては立派な造りの館の、奥まった一室に案内されて茶まで出された。

どうやら、この武陵《ぶりょう》の官衙《かんが》（役所）のひとつらしかったが、一歩も外へ出られないのでは、掘っ立て小屋でも同じことだ。

窓もあるし、装飾のある長窓《ちょうそう》（扉）を破るのもわけないが、外には屈強な男どもが一丈（約三メートル）ごとに立っているというものものしさだ。その中で、

「まったく、莫迦《ばか》にもほどがある」

戴星《たいせい》の腹立ちは、もっぱら希仁《きじん》にむかっていた。

「なんで逃げなかった。奴らは、おれたちを洞庭湖《どうていこ》からずっとつけていたんだぞ。次に襲われるのは漢臣《かんしん》たちだ。宝春《ほうしゅん》に、何事かあったらどうする！」

「まあ、落ち着いてください。まず、座ったらいかがです」

すすめられた椅《いす》を、戴星は蹴り飛ばした。

「これが落ち着いていられるか。李絳花《りこうか》との合流もできず、宝春の身も守れずに、このまま都へ連れもどされるかもしれないんだぞ」

「このまま、もどされた方がよいかもしれませんよ」

「宝春たちはどうする」

「八大王《はちだいおう》さまたちの御身は、気になりませんか。崔《さい》老人の口ぶりでは、何事かあったか、これから起きるようなようすでしたが」

「何事もあるものか。奴の脅《おど》しだ!」

本気でそう思っているわけではあるまい。半分は不安でたまらないのをかくすように、戴星は声をはりあげた。

「連れもどされるならまだいい。このまま、ここで殺されたらどうする」

「殺されることだけは、ありませんよ。たぶん」

「どうして、わかる」

「我々をとりかこんだ連中の中に、刃物を持った者がいましたか?」

「――そういえば」

頭に血がのぼってはいたが、そう指摘されれば克明《こくめい》に思い出すことができる。

得物《えもの》は棍《こん》が主で、中には鍛冶屋《かじや》の槌《つち》を持ち出してきていた者もいた。まともに当たれば、致命傷になるかもしれないが、刃物にくらべればずっと威力は落ちる。

戴星にも、とっさの観察力はあるのだ。だが、見たことからさらに一歩踏みこんで、状況を判断するのが苦手なのである。

「殺す気なら、網が降ってきた瞬間に他の物も降っています。それより先に、待ち伏せするぐらいなら、飛び道具を使ったはず。私なら、そうしますよ。その方が確実ですからね。それに、崔老人が一枚、嚙《か》んでいたでしょう」

「いうな。思いだすと、臓腑《はらわた》が煮えくりかえりそうだ」

「そうはいきませんよ。大事なことですから。あの老人と連中がまた手を結んだということは、雷太監《らいたいかん》が桃花源にある物をあきらめてないという証拠です。崔老人は老人で、我々が李絳花と接触したことを知って、非常手段に出たんでしょう。ともあれ、桃花源に至る鍵をにぎっている我々に、危害を加える道理がない。公子《こうし》に万一のことがあったら宝春が承知しないだろうし、宝春が首を縦にふらなければ李絳花も承知しないだろうし、桃花源は開かない。それに比べて、生かして人質にすれば、殺すより有効に使えるというものです」

「それは、わかった。だけど、宝春も連中に捕らえられてしまったら——」

いらいらと焦りをかくさない戴星に、希仁はのんびりと笑ってみせた。

「安心してください。今時分、舟は船着き場にいないはずです」

「――なんだって？」

さすがに、戴星も声を落とした。

「漢臣にいい含めておきました。我々が上陸したら、すぐにいったん下流に避けて、そこへ刻限までに我々がもどらなかったら、先にふたりだけで上流へ出発するようにと」

「そんなことを、いつ」

おれに無断で、と不満たっぷりの口ぶりである。

「舟を降りる時ですよ」

「おれは聞いてない。仲間はずれか」

「そう、すねないでください。まぎわに思いついたことなんですから」

「だが、出発といったって、どこへ行くんだ。今度、落ち合う場所は？」

「急なことでしたからね、特に決めていません。それに、これ以上、上流の地理は私もよく知りませんし」

「そんな無茶な」

「どちらにせよ、この川の上流なんですよ、目的地は。陶淵明《とうえんめい》の文章を思い出してごらんなさい」

「『渓《たに》に縁《そ》って行き、路の遠近を忘る。忽《たちま》ち桃花の林に逢う。岸を夾《はさ》みて数百歩――』」

戴星はしぶしぶ、だが、すらすらと暗唱してみせた。希仁は満足そうにうなずいて、

「少なくとも、桃の木が目安になるんじゃありませんか？　花までは無理としても」

「六百年も前の話だぞ、仮に『桃花源記』が真実だったとしてもだ。地形がおなじだとはかぎらないだろうし、桃の木だって残っているかどうかわからんだろう」

「かもしれませんが――」

「だいたい、怪力乱神は語らないんじゃなかったのか、君子は」

ずっと以前、希仁が吐いたせりふのあげ足をとると、

「語るのと信じるのとは、別の話ですからね」

平然と切り返された。

戴星は気がついていないが、いつの間にか、会話から緊迫感が抜け落ちている。それだけ、戴星も落ち着きをとりもどし、態度にもことばにも余裕がもどっていた。それを自覚してか否か、

「まったく、いいかげんな奴だ。文曲星《ぶんきょくせい》が聞いてあきれる」

悪態を、希仁は苦笑で受け流しながら、

「とにかく、これではぐれてしまうにしても、宝春を危険にさらすよりはいいんじゃないでしょうか。我々には無理でも、李絳花ならあの娘と落ち合って、桃花源にもどることも可能でしょう」

「素直に行くと思うか、宝春が」

「それは、宝春の判断です」

それを聞いて、戴星はいきなり腰をおろした。まるで、全身の力が抜けたようだった。

「どうしました？」

「母上は、どうなる」

消え入りそうなほどの小声で、戴星はつぶやいた。

「それから、史鳳姐《しほうねえ》さんが舟にいたのも見たぞ。宝春にいわせると、おまえを追ってこんなところまできたんじゃないかという話だったが」

「まさか」

一言のもとに否定したのは、冷淡だからではない。希仁には、女にそこまで想いこまれるだけの心当りが、ほんとうにないのだ。

開封《かいほう》一の花魁《おいらん》だった何《か》史鳳とは、たったひと晩、しかも戴星たちの騒動に巻きこまれ、手を貸してもらったというだけの関わりである。どういう事情か知らないが、突然、零落《れいらく》して江南《こうなん》に現れたのは哀れと思うが、だからといって希仁には責任はない。それに、戴星のために働くだけで、手いっぱいの状態なのだ。

「堪忍《かんにん》してください、公子。そこまでは、手は回りませんよ。いずれ、もしも逢えたら、詳しく事情を聞きましょう。その上で、知恵を貸せるなら惜しみませんが、今はそんな場合ではないはずですよ」

「ろくに抵抗できずに捕まった奴が、何をいう」

「ですから、何も考えずに捕まったわけではないと、いっているでしょう」

言い訳がましく抗弁する希仁を、戴星は無視した。いや、外の気配のわずかな変化に、気をとられたのだ。

やがて希仁の鈍い耳にも、足音が近づいてくるのがわかった。

待つほどのこともなく、長窓が静かに開かれ、猫のような足取りで例の男がはいってきた。

「あらためて、ごあいさつ申しあげます。公子」

低くそう告げられて、戴星はまた奥歯を噛みしめた。そうしなければ、背筋に走るものを止められなかったのだ。彼を見ていると、恐怖とも嫌悪感ともつかないものが、身体の芯にとりついて離れない。

物腰は一見、おだやかなのだが、どうにも得体のしれないものがまとわりついている感触があるのだ。妖気とでもいえばいいのだろうか。

「先日来の無礼の段は、ご容赦のほどを。我らにも、使命というものがございますので。ところで、公子。本物の容華鼎《ようかてい》は、どちらにございましょうか」

「――その話か」

容華鼎とは、香炉の名だ。

宋《そう》によって滅ぼされた江南の国、南唐《なんとう》から、同様に滅んだ呉越《ごえつ》国の手に渡り、以後、行方不明になっていた宝物である。玉製だが非常に小さく、またこれといって特徴のあるものではない。一見、それほどたいした宝物だとは思えない。

だが、これが実は、桃花源から持ち出された品であり、桃花源へ入るための鍵となる
──少なくとも、戴星たちは李絳花からそう聞かされた。

果たして、劉妃《りゅうひ》の一派がどの程度まで真実をさぐりあてているのか、戴星にはさだかではないが、的をはずしていないことだけはたしかなようだ。だが、どちらにしても、戴星には、素直に応《こた》えてやる義理はない。

露骨《ろこつ》にいやな顔をしてそっぽをむいたが、効果はなかった。

「岳陽楼《がくようろう》では、うまくだましていただきました」

「おれじゃない。こいつがやったことだ」

と、かたわらの青年に転嫁した。実際、偽物の香炉を雷允恭《いんぎょう》に渡したのは希仁で、戴星はそれまで、容華鼎の存在もろくに知らなかったのだ。

だが、男の追及は容赦がなかった。配下の仕業は、主の責任だとでもいいたげに、

「容華鼎をお引き渡しいただければ、無事に東京《とうけい》へおもどししてもよろしゅうございます。我らが主、雷太監が申すには、容華鼎さえいただければ、ことによっては殿下──いえ、

公子にお味方してもよろしいと」

「それは、岳陽楼で断《ことわ》ったはずだ」

「わが主は、たいへんに寛容であります故《ゆえ》」

「寛容が聞いてあきれる――」

十七年前、劉妃と手を組み、生まれたばかりの戴星を亡き者にしようとしたのは、雷太監ではないか。その時、戴星をかばった宮女、寇氏《こうし》の生死はいまだに知れていない。戴星がこうして成長しことの真実に迫っている今、むしろ、戴星の寛恕《かんじょ》を願わねばならない立場なのではないか――。

かっと、責めることばをならべようとする戴星の肩を、やわらかに希仁の手が押さえた。

「容華鼎は――」

「希仁！」

「陶宝春と申す娘に預けてきました」

男の目が光った。

「真実か」

大嘘である。

容華鼎は、岳陽楼で李絳花に渡した。本来、彼女のものだし、自分たちが持っていてもどう扱えばよいのかわからないからだ。だが、希仁は胸をはって、

「虚言《うそ》だと思うなら、確かめてくればいいでしょう。我々の舟は、舟着き場にあるはず。さほど広い場所ではありません。すぐにわかるはずです」

「――公子の舟は、舟着き場のどこにも姿がございませぬ」

戴星と希仁は、無言で目を見かわした。それでは、漢臣はいいつけどおりに姿を隠したのだ。これで、しばらくの間の宝春の安全は稼げるだろう。

「舟は、どちらへ？」

「知るものか」

戴星が、ふくれ面で答える。

「置いていかれたんだぞ、おれたちは。荷物も残してあったのに、これじゃ、乗り逃げも同然じゃないか。それが、逃げた先まで知っているものか」

かなり無理のある論理だとは、承知している。

「そうですか？」

当然、相手も不信感をあらわに戴星をにらみつけた。戴星は、くちびるを噛んで懸命ににらみ返す。

そのまま、男はしばらく無言だったが、

「よろしいでしょう。小娘が逃げたとしても、上流か下流か、川に沿ってにちがいありません」

　ふたたび、戴星と希仁は目くばせをかわす。意外に頭がまわる奴じゃないかという意味がこめられている。

「目的地は、いずれにしてもこの上流。下流は人を雇って捜させることとして、我らは、上流へ向かうことといたしましょう」

「えらく急な話だな」

「無駄な時をすごすことはございませぬ。それで、よろしゅうございますか」

　同意を求めた相手が、自分たちではないことを戴星は感じた。戴星は無言。すました耳に、長窓の外のがたがたという音が届いた。

　それが、同意の表現だったのだろう。

「では、至急、舟の手配をいたしましょう。出来次第、出発いたします。桃花源とやらへ、是非ともご案内いただきたいもの。どうか、裏切られませぬよう」

「裏切るだと。誰に向かって、ほざいている」

　男が出ていったあと、戴星はまた荒れ模様となった。気圧《けお》されていた反動が、爆発したのだろう。焦りもあったにちがいない。

　顔色の変化を隠そうともせず、

「なんとか、ここを抜け出す方法はないのか、知恵者。足手まといになるだけが、能じゃないだろう」

希仁への当たり方も激しくなった。手が出そうになるのを、懸命に押さえている風である。
「感情にまかせて、悪口をいうのはつつしんでください。私や漢臣はとにかく、他の者に
そんなことをおっしゃっていては、臣下に見捨てられますよ」
「そんなことは、無事に東京にもどれた時にいってもらおう。だいたい、なんだってみす
みす捕まるような真似をした。おまえさえ無事に逃げていてくれれば——」
「おひとりで逃げられましたか？」
低い、ささやきに近い声だったが、戴星の耳にはつきささったようだ。
外の見張りには聞こえないように、希仁はくりかえした。
「公子おひとり、連中の手の中にあってどうなさるおつもりでした。我々だとて、公子を
救出するまでは動きがとれません。人質にでもとられれば、宝春を差し出さねばならない
事態も有り得たかもしれない。そうなったら、どうします」
「そんなことをしたら、主従の縁《えん》もそれまでだ」
「だから、そんなことにならないように、私がお供《とも》したんですよ。それに——雷太監が来
ているようですね」
長窓の外の気配を、希仁もそう読んだのだ。そうでなくても、地方の官衙を自在に使え
るのは、中央で権力を持っている者とすぐに判断がつく。

「ああ──すさまじい執念だな」

「妄執《もうしゅう》というべきでしょうかね」

宮中の安楽な生活に慣れている太監である。権力にまかせて贅沢をするにしても、慣れない旅は重労働なはずだ。精神の方もやわな雷允恭ならば、とっくの昔に音をあげて都へもどったろうと戴星たちは思ったのだが、

「おまえの判断も、まちがうことがあるんだな」

「よい方にまちがえたんです。よしとしてください」

「雷允恭が武陵にいると、なにか都合がいいのか。あの水ぶくれの顔が見たいわけじゃなかろう」

「──私は、無事に東京にもどった後のことを考えていたんですよ」

「もどった時？」

「母君をお救いできるかどうかは、別としましょう。たとえ失敗したとしても、娘子《じょうし》とその一派の仕業をこのまま、闇に葬ってしまうおつもりはないでしょう。むしろ──」

戴星は、きびしい目つきで希仁をにらみつけた。仮にも、そんな不吉な話は聞きたくないが、聞かなかったからといって可能性が減るわけではないのだ。母とこのまま巡り逢えなかったならなおのこと、一件の白黒をはっきりとつけておかねばならない。でなければ、戴星自身の存在と安全すら確保できなくなる。

それは戴星もわかっているし、彼の理解力を知っている希仁も気にせずにことばを続けた。

「その時、雷太監は絶好の証人になるとは思いませんか」

「それは思うが、どうやってこちらの味方につける。かわりに、水に流せというならお断りだぞ。ついでに、味方になんぞ、頼まれたってしたくない」

「それは、私も同感ですよ。ああ露骨にふたまたをかけられて、信用する莫迦はいないでしょう。味方にする必要などありません。厳密な意味ではね。要は、一件の全容をしゃべってくれればいい、そして我々の意図どおりに操られてくれれば、一番ありがたいんですがね」

「具体的に、どうする」

「そんなこと、ひとくちでいえたら苦労しませんよ」

「吝嗇《けち》」

希仁は笑っただけだった。

「とにかく、ここにいるなら接触の機会もあるでしょうし、いろいろと言質《げんち》もとれるのではありませんか。たとえば、十七年前の真相。たとえば、娘子一派が強引な手段をとってでも、桃花源の存在を求めた理由。それがわかれば、相手の弱みを握ることも可能になるでしょうね」

「弱みか」

桃花源をあれほど懸命になってさがしているのは、欲しいものがあるからだ。では、劉妃は何をそれほど欲しているのだろう。それがなくては、どう困るのだろう。

「――桃花源には、なにがあるんだ」

唐突に、戴星はつぶやいた。

そういえば、それに関してはあまり真剣になって考えたことがなかった。旅の目的としては、重要なひとつだったはずで、今さらという感もないではない。が、戴星自身の目的――視野からはこれまで微妙に外れていたのだ。

彼が何であれ、「物」を欲しいと思ったことがあまりないせいもあっただろう。

「見当は、ついているんだろう。知恵者」

「私なりの考えですがね」

「聞かせろ」

「困りましたね」

すこしも困っていない顔で、それでもため息をついて希仁は口を開いた。

「ここだけの話ですよ」

「あたりまえだ。もったいぶるな」

「そういうわけじゃありませんよ。私の見るところ、結局、なにもないのではないかと思うのですが」

「――何も？」

戴星も、この回答は予測していなかったらしく、一瞬、虚をつかれた顔つきとなった。

だれが聞いても、あっけにとられただろう。

桃花源といえば、だれもが仙境と信じている。不思議に満ちた場所だと思い、宝物があると信じ、懸命になって追い求めている。それが、なにもないではことはすまない。

「すくなくとも、世間一般の人間が欲しがるようなものは」

「それがほんとうなら、大騒ぎになるぞ。特に、あの女の一派が承知するまい」

「だから、ここだけの話だといったんですよ」

「根拠は。おまえのことだ。あて推量というわけではないだろう」

「簡単ですよ。基本中の基本にたちもどってみればいいことです。陶淵明の文章のどこに、そんな宝物があると書いてありますか」

「いわれてみれば――」

世間から隔絶《かくぜつ》され、戦乱もなく人々は豊かで美しい土地だとは書いてある。

「だが、不思議めかしたことも、いろいろと書きつらねてあるぞ」

「不老長寿だとか、そういったものを得るとは書いてありませんでしょう」

「だが――、崔老人を見ろ」

あの老人は、齢《よわい》六百歳余だという。にわかには信じがたい話だが、漢臣の師である一空禅師もそう証言しているのだから、まるきりの嘘ではあるまい。とすれば、不老はともかく、長寿——永遠に近い生命というものは有り得るのではないか。

「それは、ご老人の力でしょう。桃花源に原因があることではなさそうに思えます。桃花源に一度はいりこむ前から、術を身につけていたと、李絳花もいっていましたね」

「では、李絳花は？」

「あの人は、本物の不老長寿のようですね。でも、だからといって、桃花源にはいれば、誰もが彼女とおなじになれるわけはないでしょう」

「たしかに、な」

「要するに、我々がいくら桃花源の所在をつきとめ、無事に入りこんだところで、得るものは何ひとつないのではないでしょうか」

「なら、連中はあれほど夢中になって、結局、無駄骨を折っているというわけか」

「まあ、そうなります。私の推論が正しければ、の話ですが」

「——正しくなければ、どうなる」

戴星は、話を根底からひっくりかえしてみせた。希仁のあげ足をとったつもりだったが、彼は動じる色もなくうなずいて、

「おのおの、望むものを手にいれることになるでしょうね」

「望むもの？」

「これも、あくまで私の推量です。それぞれの腹の内を聞いてみなければ、はっきりとしたことはいえないのですが」

希仁は、かすかに首をかしげる。

「皆、それぞれに、失ったものをとりもどそうと懸命になっているように、私には見えているのですけれどね」

「――失ったもの？」

「もしくは、失いかけているものを」

「なんだか、漠然《ばくぜん》としていて、よくわからない」

「まあ、いいでしょう。私だって確信のあることじゃありません。無事に東京にもどってから、訊《き》いてみてもいいことです」

簡単にいうが、それがどれほど大変なことか、わかっているのかと戴星はあきれた。この地に今いるらしい雷太監は別としても、訊いてみたい相手というのは、皇后であったり宰相であったり大のつく貴族たちであったりするのだ。

たとえば戴星の義父の八大王の力を借りるにしても、一書生にしかすぎない包《ほう》希仁が簡単に面会できる相手ではない。だが、希仁がそういえば、なんとなく可能なことのようにも思えてくる。

ついでに、この場を脱出する方法も考える気はないかと、皮肉まじりにいってやろうとして、戴星はふと、頭上をみあげた。

気配が動いたような気がしたのだ。

むきだしになった梁《はり》の上には、薄い闇がわだかまっている。どれだけ話しこんでいたのだろう。日が天の西側へまわっている。夕暮れにはまだ遠いが、これから光は薄れる一方だ。舟の準備をといっていたが、これでは今日中の出発は無理だろう。

「どうしました」

希仁がたずねるより早く、

「おい——」

戴星は声をひそめて、梁の上へむかって呼びかけた。

「玉堂《ぎょくどう》か」

「まさか。どうして、彼がこんなところへ」

と、希仁がめずらしく不機嫌そうな声でつぶやき、たちあがった。その目に、梁の上からのぞきこんでくる人の顔が映った。

「油断していたようだな」

不遜《ふそん》というより、こちらも不機嫌きわまりない顔つきである。

「だまされたんだ」

と、戴星が抗弁を試みる。

「敵情をさぐるために、わざとつかまった――という見方は、してもらえませんか、やはり」


希仁が告げると、うっとうしそうな顔つきで、

「なら、自力で脱出してみるか」

好きで来たのではない、とでもいいたげな態度で、梁から降りてこようとするのを、戴星が止めた。

「いつ、誰がはいってくるかわからない。下手をすれば、とっくに崔老人あたりには感づかれているかもしれない。そこにいた方がいい」

「崔老人というのは、あの左道《さどう》使いの爺さんのことか」

「李絳花の仇敵《きゅうてき》さ。李絳花のところから来たんだろう。どうしている」

「無事だ」

そっけない返事だった。

「おれが来てやったのも、李絳花のさしがねさ。感謝するなら、あの女にしろ。おまえたちの動静を見ていたそうだ」

「見ていたなら、だまされる前に接触しろといってくれ」

「連絡をとる前に、つかまったといっていたぞ」

「それにしても、女の命令を、おとなしく聞いている郎君《きみ》とは思えませんでしたがね」

希仁が皮肉まじりに不審を表明すると、

「借りを作ってしまったからな」

顔を物陰にかくして、うっそりとつぶやいた。

「——小娘の容体は」

戴星と希仁は、顔を見合わせた。

宝春を傷つけてしまったことを、この漢《おとこ》は悔いているらしいのだ。意外というのが半分、なんとはない安堵《あんど》感が半分、というのが、戴星たちの気持ちだった。

「生命には別状ありません」

「そうか。なら、夫人にも、申し訳がたつ」

「母——母上も、無事なのだな」

「いうなといわれたんだが」

しばらく沈黙があって、

「ご無事だ」

声だけが落ちてきた。

「では、やはりあれが——」

「…………」

戴星の声が低くかすれて、やがて詰まってしまうのを、玉堂は梁の上で複雑な思いで聞いていた。

ここへ来たのは、なにも李絳花に依頼されたからではない。宝春を意図せずに傷つけてしまった悔いはあるが、それを借りと呼ぶなら、べつの形で返すという方法もある。だが、戴星が都から来た役人らしい一行に捕らえられたと聞いた時、李夫人の顔色をも彼は見てしまった。

ことばにして、李夫人からなにか頼まれたわけではない。だが、その姿を座視してはいられなかったのだ。

理由は、彼自身にもさっぱりわからない。これまで、他人の哀願など一顧だにしたことのない玉堂にとって、これは天と地がひっくりかえるほどの衝撃でもあった。

実は、李夫人からは一度、彼女は死んだと戴星に告げるよう、依頼された。真実はどうあれ、彼女は罪を得た身である。それが生きていると表沙汰《おもてざた》になっては、未来のある戴星のために疵《きず》になりはしないか。そういう配慮なのである。

しかし、結局、戴星は洞庭湖のほとりで一瞬だが、夫人の姿を見てしまったし、母を呼ぶ声は漕ぎ出した舟まで届いていた。

いまさら、かくしだては無駄だと玉堂は判断したのだが、

「それで、母上の眼は」

戴星の声のわずかな震えに、かすかな痛みと後悔をおぼえた。

「ほんとうに、見えないのか」

「そうらしい」

「治らないのか」

「おれは、医者じゃない」

怒ったように応《こた》えてから下をのぞくと、戴星と目があってしまった。戴星も、怒ったような表情をしていた。

「無駄話はこれぐらいだ」

玉堂は、話を打ち切った。

「とにかく、おまえたちを助けだして来いといわれてきた。おれが、外で騒ぎを起こしてやるから、その隙《すき》に――」

身を乗り出した戴星の肩を、希仁がおさえて首をふった。

「せっかくですが、我々は逃げません」

「意地なら、張らない方が身のためだぞ」

玉堂は、せせら笑う。

「郎君《きみ》の手を借りるのがいやなのではありませんよ。業腹ではありますけれどね」

応える方も、なかなか挑発にはのらないどころか、逆に仕掛けてきた。

「生命の危険なら、十中八、九ありません。不自由はしかたないとしても。どうせ、我々の話を聞いていたのではありませんか。李妃《りひ》さまの冤罪《えんざい》を雪《すす》ぐためにも、連中の手の内をさぐっておきたいのです。我々のことより、李絳花には宝春たちのことをお願いすると、伝えてください」

「——いいだろう。どこにいる」

「合流は、敢《あ》えてしない方がいい。手がかりは分散していた方が、かえって危険は少ないと思います。漢臣もついていることですし、捕らえられそうになった時だけ、助力をお願いできれば」

「虫のいいことばかりいってくれる」

「李絳花なら、承知してくれると思いますが」

「おまえは、それでいいのか」

と、戴星の意思を確認してきた。

言外に、李妃のことはいいのかと訊いているのが、戴星にも希仁にもはっきりとわかった。戴星は、まず希仁を見、頭上の玉堂の半顔を見、そしてうなずいた。

「文曲星のいうことだ。おまえに、まかせる」

ふん、と鼻先で玉堂は嘲笑《わら》ったが、どこか自信なげにも見えた。

「ああ、そうだ。落第書生」

身をひるがえそうとして、玉堂は梁の上でふりかえった。

「女の顔に傷をつけたのは、あの爺さんだそうだぞ」

「――女？」

戴星の方が、反応が早かった。

「史鳳姐さんのことだ、莫迦」

「敢えて逃げないというなら、せいぜい爺さんを締め上げて、癒《いや》す方法を訊きだしてやるんだな。責任はないかもしれないが、それぐらいの親切は施してやってもよかろう」

捨てるようにいい置いて、薄闇の中に姿をまぎれこませた。術を心得ているわけでなし、いずれ屋根裏のどこかから上に出たに決まっているが、あいかわらずあざやかな消え方ではある。

「――惜しいな」

戴星が、頭上を見たままの姿勢で、感嘆の声をあげた。

「あれだけの腕と頭、ただの無頼《ぶらい》で終わらせるのはもったいない」

「しかし、おとなしく人に仕えているような性分とは思えませんが」

希仁が異議をとなえると、

「それもそうだな」

戴星は素直にうなずいた。

「そういえば——母上になにか伝言を持っていってもらえばよかった」

姿勢を変えず、ぽつりとつぶやいたそのことばが、妙に少年を孤独に見せたことに、希仁は気づいていた。


舟の準備が整ったと告げられたのは、翌朝、早くのことである。まだ、周囲の山は明け切らず、黒い塊のようにそそりたっているが、天の一方の片隅に夜明けの気配がただよっていた。

川面は、白い霧で一面覆われていた。

用意された舟は、二隻。いずれも、土地の漁民のものを徴発したのだろう。使い古された、小さなものである。戴星たちが乗せられた舟には、その舟の本来の持ち主らしい、痩《や》せた老人がうずくまってふるえていた。

一隻目には、戴星たちの他に、雇《やと》われ者らしい男たちが乗せられていた。その数、二十人ほど。二隻目には、胴の間に覆《おお》いがしつらえられており、船頭の他は無人に見えた。おおかた、雷允恭はそこにいるのだろうと見当をつけながら、戴星は舟に乗りこんだ。

開封を出てからこちら、ほとんど水上の旅を続けてきた。

もともと身軽で敏捷《びんしょう》な少年だから、不安定な舟の上でもすいすいと歩いて、船尾に席を占める。希仁さえさすがに慣れて、あぶなげない足どりで岸から舟に移った。

例の男が最後に乗りこんで、舟は岸を離れた。

戴星は、岸を見るふりをして後続の舟に視線をやった。

「――そういえば、あの老人はどうしたでしょうね」

小声ではない。武陵の岸を離れてひとつ川の角を曲がったとたん、流れが急になった。流れの音と、激しく動かされる櫂《かい》のきしみで、少々の声では隣にもとどかないのだ。

「姿が見えない」

「奴のことだ、舟なんぞ要るまい」

「それにしても、道案内に立つかと思っていたのですが」

「場所の説明は、口でもできる。描いた図面でも、あるのかもしれない」

「なるほど」

と、希仁も二隻目に目をやる。

「問題は、いつたどりつけるかということでしょうね」

「あと、やはり舟が鍵になるかな」

「なにをお話しでしょうか」

案の定、男が口をはさんできた。

「お逃げになる相談なら、ご無用に願います」

「いまさら、逃げやしないさ」

戴星が一蹴する。

「それどころか、だまって座っていれば連れていってくれるんだ。いちいち、ここかあちらかと捜し回る必要もない。文字どおり、のりかかった舟だからな。全部、まかせるさ。ただし」

おそらく声は聞こえないだろうが、うしろを見やらずにはいられなかった。

「おれたちを連れていくだけでは、何も手に入らんぞ」

「ご心配になられませぬよう。お仲間の方から、姿を見せられるでしょう」

「見せなかったら、どうする」

玉堂をさしむけてきたぐらいだから、李絳花が自分たちをまるきり見捨てるとは思わない。だが、彼女は本来、戴星がどうなろうと関わりがないというのも、事実なのだ。

李絳花にしてみれば、容華鼎も手にはいったことだし、宝春と合流して、一刻も早く、桃花源に逃げこんでしまいたいというのが本音だろう。同行している李妃と何史鳳が邪魔になるが、玉堂に預けてしまえばいいことだ。そのあと、玉堂が女ふたりをどうあつかうかは、人外の彼女には知ったことではない。

唯一の希望は、戴星たちが宝春に親切にしたその一事を、どれだけ恩義にきてくれるかだ。

戴星の胸の内を知ってか知らずか、

「それならそれで、方法はございます」

にこりともせず、男は答えた。

「人質にでもするか。出てこなければ、殺すとでも脅すか」

「口にせぬのが、上策というもので」

「策士策におぼれるということばもある」

希仁にも半分、あてこすりながら戴星はいいかえした。

「だれの策かは知らないが、主人は選んだ方がいいと思うぞ」

「たとえば、公子のような方でございますか」

相手の表情はほとんど変わらなかったが、顔の皮膚の下で冷笑されたような気がした。

「公子はおわかりになっておられぬ」

「何がわかっていない」

「私は主を選べる立場にございませぬ。逆にいえば、主が替わることがあっても、それは私の恣意《しい》ではございませぬ」

「どういう意味だ」

「たとえば、私の現在の主は雷太監でございます。ですが、その上にさらに、皇上というお方がおわします。おそれおおいことながら、仮に皇上が代替わりなさった場合は、新しい陛下がわが主となられます」

戴星の真実の身分を知った上、次の帝《みかど》になる可能性もあきらかに意識した上での発言だったが、不思議と不愉快には感じなかった。

おなじことを雷允恭にいわれたら、口より先に手が出ていただろう。だが、この男のことばからは、媚《こ》びる色はまったく感じられず、諦観《ていかん》のようなものさえただよっている。

「帝が替われば、後宮の顔ぶれも替わる。雷太監の御身がどうなるか、私にはわかりませぬし、私自身、どう処分されるか知れたものではございませぬが、それは今、私の知ったことではございませぬ。私は、今の主の命令を忠実に実行するだけですし、新しい主の命にも、だまって従うだけのこと」

表情の削《そ》げおちた顔で、つぶやくように告げると、男はついと顔をそむけ、舳先《へさき》の方へ席を移してしまった。

「――いい覚悟だな。おぼえておく」

戴星がつぶやいた声は、男には聞こえなかったにちがいない。

隣の希仁には聞こえたかと、うかがったが、こちらも知らぬ顔をしていた。

川の幅《はば》が目に見えて細く、また流れが急激になってきたことに気がついた。空は、いつのまにか青く、晴れ渡っていた。

八大王家の公子の参内と聞いて、劉妃は一瞬、息が止まるほどおどろいた。

「――大公子《だいこうし》が、お見えなのですか」

声の震えを懸命におさえてたずねると、

「いえ、二公子でございます。八王爺《はちおうや》がお連れになって、大家へのお目どおりをと」

侍女《じじょ》が答えた。

「まぎらわしい申しようをするでない！」

思わずかっとなって叫んでから、息をのみこんだ。不審《ふしん》に思われたところで、今のところとやかく口に出す者はいないだろう。だがそれも、こんな風に理不尽に叱られた不満がたまると、どうなるかわからない。

「そうですか。大公子はご病気だとうかがっていたものだから。ご平癒《へいゆ》になっておられたのに、お祝いも申しあげずにいたなら、失礼にあたるものだから、あわてたのですけれど――」

なんとかとりつくろったが、にぎりしめた手の中には汗がにじんでいた。ひきこんだ風邪がまだ治りきっていないのに、無理に起きたせいかもしれない。

「大公子は、いまだご病床とか。それで、昨夜の大家《たいか》のお召しにもお応えできなかったものですから、かわりに弟君をお連れになられて、お詫びと大家のお見舞いとを申しあげた

「い、と仰せ（おお）でございます」

「——そう」

ほっと、劉妃は息をつく。

「——大家は、まだご不快。大公子の代理でおいでになったのなら、妾（わらわ）が代理でお目にかかっても非礼にはあたらぬでしょう」

「では、そう申し伝えてまいります」

侍女がひきさがったあと、劉妃は椅《い》の欄《てすり》によりかかって身体を支えた。

（八大王家の二公子は、たしか狄《てき》妃《ひ》の実子。それをよこしたということは、この隙に生みのわが子の方を大家のお気にいらせて、有利にしようという魂胆《こんたん》にちがいない）

劉妃は、疑いをすてかけていた。

狄妃は、大公子を見捨てたのだ。八大王にも、それを認めさせたのだろう。すくなくとも、帝の招請《しょうせい》に応じられないような病身であると、親が公言したようなものだ。

参内もできないような病人では、太子にはたてられない。かわりに、その弟を立てる。これなら、八大王家を支持する群臣も文句はいえまい。

だが――。

（どちらにせよ、まだ、太子に立てるわけにはいかない。気をもたせて、なるべく長くひきのばして――）

「八王爺、ならびに二公子のお見えでございます」

御簾《みす》の向こうで細い声があがり、人影がふたつ動いた。

帝にかわって政務を見るといっても、婦人の身である。直接、群臣に逢うわけにはいかず、御簾をへだて、物もことばも人を介してやりとりをする。多少、手間はかかるが慣れたことだったし、むしろ御簾の奥からあれこれと指図するとさらに威厳が加わるような気がして、いままで劉妃は満足していた。だが、今日ほど御簾が邪魔だと思ったことはない。

「娘子におかせられては、ご機嫌うるわしく、恐悦しごくに存じる」

八大王の悠揚《ゆうよう》迫らぬゆたかな声が、御簾の向こうから響いてきた。おだやかで丁重、悪くいえば慇懃《いんぎん》すぎて何を考えているのかわからない声だ。

顔を直接、見たいと劉妃はひそかに思った。どんな表情をしているのか、こちらの手の内をどれだけ知っているのか、狄妃の思惑を、そしておのれの長子の行方を、どう思っているのか。

表情の断片だけでもとらえられたら——。

「八王爺にも、ご壮健でなにより。あいにく、大家はまだ伏せっておられます故、王爺にご挨拶もできず……」

「いや、それは承知の上の参内でござる。大家には、昨夜、わが家の長子に丁重なおことばを賜《たまわ》り、感激にたえませぬ。本来ならば、本人を帯同《たいどう》してお礼を言上せねばならぬところ、いまだ病床を離れられぬ始末。よって、弟にあたる二公子とやらが、礼を執《と》ったのだろう。

八大王のかたわらで、影が動いた。話題にあがった二公子とやらが、礼を執《と》ったのだろう。


「連れ参った。大家にはお目どおりかなわぬのなら、娘子に代わって礼をお受けいただければさいわい」

「よろしゅうございますとも。大家にも、お伝え申しあげます故に、ご安心を。それで、二公子には、御歳、お幾つになられました」

「お答え申しあげよ」

八大王の声にうながされて、

「十二歳でございます」

まだ少し高い少年の声が聞こえた。ぎくりとしたのは、劉妃の耳にまだこびりついている、戴星の声とよく似ていたからだ。

(——母を連れてくる。きっとさがしだす。救いだして、連れもどす)

似ていること自体は不思議ではない。戴星とこの少年は、実の兄弟でこそないが、八大王を通じて従兄弟《いとこ》の関係にあるのだ。

戴星には、刺客《しかく》を何組もさしむけた。だから、安心だと思っていた。だが、今まで誰ひとりとして、任務成功の知らせをもたらした者はいない。さすがの強気の劉妃も、もしや

――と心配になりはじめていた。

もしも、戴星が無事に開封にもどってきたら。

母親の生死にかかわらず、劉妃の犯罪を告発するにちがいない。その時に、証人となるのは第一に、この八大王となるはずだ。戴星の素姓を知りながら、今日までおのれの実子として育てたのは、この漢だからだ。

(では――、どうするか)

大公子はあくまで、八大王の子だといわせるか。それなら、懐柔策をとればいい。でも、何をひきかえにする？

それとも、いっそのこと口を封じるという手もある。死人に口はなし。

(いっそ、この場で――)

だが、八大王ひとりなら急死といっても通じるかもしれないが、伴っている二公子までもが同時にとなれば、不審を申したてる廷臣がいるだろう。

(ええ、面倒な)

「よいお子でございますこと。八王爺も、先がお楽しみでございます」

内心の焦りをおしかくして、劉妃はにこやかに応対をつづける。

「なに、まだ幼《おさの》うござる」

「八王爺には、まだ多勢のお子さまがおありのはず。まことに、うらやましゅうございます」

「なに、孩子《こども》を持つのも苦の種でござる。現に、この子の兄は病がちで、これまで手を焼き申した」

「それは、先日、夫人よりもうかがっております。お若い身で、お気の毒なこと。どこか静かなところで療養おさせ申したいとの仰せでしたが、いかがあいなりました」

「さて、ひとつには、適当な土地が見つからぬこと。ひとつには、こうして大家からのお召しがあるやもしれぬということで、なかなか思うようには計らえませぬ」

「おかわいそうに。のちほど、薬などとどけさせます故、妾からの見舞いとしてお納めくださいますよう」

「これは、かたじけない」

口では礼を述べたが、どうやら八大王の頭が下がった気配はなかった。

「そのかわり、と申すわけではございませぬが」

「なにか」

かすかに、御簾の向こうで空気が緊張する。

「八王爺にお願いがございます。お聞き入れ、いただけますでしょうか」

「さて、事と次第によりましょう」

「二公子を、妾の子にもらいうけるわけにはまいりませぬでしょうか」

「これは、したり」

「父上」

八大王の大声と、小さくおどろく公子の声が重なった。

「何事かと思えば、そのようなこと」

「ご承知いただけませぬか」

「何の為かうかがってもよろしいか」

「何のためとは、妙なことを。古来、皇族を迎えて帝の座を継ぐことは、おうおうにしてありますこと」

「おそれながら、それは帝が御子として迎えた場合の話。失礼ながら、皇后陛下の養い子には、何の資格もござるまい」

劉妃は大仰にため息をついてみせた。いらだちをおさえ、相手には鷹揚《おうよう》と思わせる芝居である。

「妾の子とは、すなわち大家の御子ではございませぬか」

「念のためにうかがうが、この允譲を御子にという話は、大家もご承認の上のことであろうか」

「いえ、それは──。ですが、妾の申しあげることならば、きっと」

「娘子に指図するは恐れおおいことながら、ひとこと申しあげる。それは申しあげぬ方がよい。皇后が政《まつりごと》に容喙《ようかい》して、世が治まった前例はござらぬ」

「無礼でしょう、八王爺！」

劉妃は思わず、びしりと椅の欄を手にした扇で撲《う》った。

「妾がいつ、くちばしをはさみました。妾は、大家より、代わって国事をみるようにと命じられております」

「お気をしずめられよ」

と、八大王はあくまで冷静である。

「群臣の意見を無視して、恣意でことを運んでよいと仰せになられたわけではあるまい。太子を定められるのは、あくまでも大家。それも、群臣の支持があってのこと。天下万民が挙《こぞ》って祝えてのこと。この天下は、趙《ちょう》家のためだけにあるのではござらぬぞ」

劉妃も強気だが、八大王も一歩も引くそぶりは見せない。あくまでことばは慇懃ながら、理屈はとおっており、劉妃にも反論の余地がなかった。

「ですが——八大王家の公子が太子となれば、万民は納得すると思われませぬか」

「わが家に、男子は允譲ひとりではござらぬ。まして、大家がお望みなのは受益《じゅえき》でござろう。そう、うかがっておる」

「でも、大公子は病《やまい》」

「病であろうとなかろうと、長子は受益。これまでは辞退してまいったが、実は、是非にもとの話を先夜いただき、心を決めたところにござる。受益の病の癒《い》え次第、お望みに従う旨を申しあげにまいったところでござった」

「――それは」

「なるほど、わが家には子は多うござる。しかしながら、皆、いまだ幼く、頼りにできるのは受益か、せいぜいがこの允譲まで。是非にとお望みならば、娘子に允譲をさしあげることについては否やは申さぬが、そのかわり、受益が万が一、太子となったあかつきには、允譲をお返しくださるよう。八大王家は、これに継がせる故」

「それでは、いただいた意味が――」

口ばしりかけて、はっと閉じる。その時、八大王の声音が変わった。

「もしや、娘子には、わが内《つま》に妙なことをささやかれたのを、真に受けられたのではありますまいな」

「――妙なこと？」

「義理の子より、実の子を――と。先日もそのようなことを申すもので、叱りつけたところでござる。わが子に、実も義理もないはずと。受益がとりたてて不孝と申すならともかくも、故なく廃嫡《はいちゃく》に及ぶは家の乱れ、ひいては世の乱れにもなる。そう、申しきかせましてござる」

では、狄妃は夫の説得に失敗したのだ。

「すくなくとも、この元份《げんふん》の目の黒いうちは、筋を通すと申しわたしてござる。これ以上、あれの申すことをお取り上げくださるな。母親の情故に、一事の闇に迷うたものでござる。あれは今、頭を冷やすために謹慎《きんしん》を申しつけてござる」

「ま、お気の毒な」

「娘子におかせられても、どうか、むやみと騒乱《じょうらん》の種をまかれるようなことがござらぬよう」

ふだんは、温厚で人格者という評のある八大王である。けっして意志の弱い人物ではないのだが、できるなら事を荒立てずにすませる傾向のある人だと、劉妃も思っていた。

だが、今日の八大王は、ことさら強い態度に出ようとしているようにも思えた。下世話にいえば、わざとけんかを売っている風――もともと庶民の出である劉妃に表現させれば、そう感じられた。

「騒乱の種とは、なにを根拠《こんきょ》に」

「娘子には、いたくあれをお嫌いで、殺したいほどだと仰せになられた――そういう噂をもれうかごうた。さすがに、これは噂にしても悪質すぎると思うて、一笑に付しておいたが――。万が一、そう思し召しておられたとしても、やはり受益が八王家の長子。不才《ふさい》（謙遜の自称）は、あれを信頼しており申す。何故か理由はわからぬが、もしも、どうしても允譲を太子にとお望みならば、受益の息の根が止まってからにしていただきましょうぞ」

「口がすぎませぬか、八王爺！」

劉妃としては、手の内をすっかり読まれているかっこうになった。証拠のないことだが、事実、刺客をさしむけている身にしてみれば、うしろ暗いところはいくらでもある。

「それでは、妾が大公子のお命をねらっているようではありませぬか。それは、なにか、確たる証拠があってのことでございますか」

「たとえば、の話でござる。それから、八大王家の意向をご承知おきいただきたいだけのこと」

八大王は、さらりと話を受け流す。

「なににせよ、すべては大家がご本復になってからのことでござる。なに、受益の病も、まもなく癒えましょう。そう、ここ数日うちには」

含みをもたせた口調が、その裏にある事実を示していた。数日うちに、都に帰ってくるという意味にしか、劉妃には聞こえなかった。

（まさか。まだ、江南にいるというあの孩子《こども》が、もどってこられるわけがない）

「——そ、それは、まことですか」

「医師が、そう申した。この峠を越しさえすれば、いわゆる病みぬけたという状態になろうと。なにか変化があれば、また改めてご報告申しあげる。そのおりには、大家のお耳にもかならずお伝えいただきたい。よろしいでしょうかな」

「もちろんですとも」

「では、くれぐれも大家におかせられては、御身をおいといくださいますようにと、お伝えくだされ」

礼を執り、かたわらのわが子をうながして八大王は悠然と座を辞していった。

「――なにを、何を妾に告げたかったのです、あの漢」

額にびっしりと浮いた汗に気づいて、劉妃はぞっとした。御簾がなければ、異常をさとられていたにちがいない。

（でも――）

（でも、もしも真実だったら）

（真実、あの孩子《こども》が生きて、江南から帰ってきたら）

劉妃は身の破滅だ。桃花源どころではなくなる。たとえ桃花源で望むものを手に入れたとしても、戴星が生きてもどってきたら――生きて李妃を連れもどったら、劉妃の罪が白日のもとにさらされるのは確実だ。そうなれば、八大王も大公子の味方をするかもしれない。

――いや、今の八大王の訪問は、その時には大公子の証人になるぞという通告にちがいない。

少なくとも、二公子をわざわざ連れてきたのは、狄妃の話は反故《ほご》にするという意味もあったにちがいない。

そして、受益の正体が帝の耳に届いたら。

（それだけは――）

（それだけは、阻止しなければ）

（でも、どうしたら）

（もしも、八大王がいなくなったら、どうなるだろう）

事情を知っているのは、今のところ八大王ひとりと思われる。ならば、八大王の口をふさいでしまえば、戴星は重要な証人を失うことになる。

八大王亡き後、八大王家を差配するのは狄妃である。八大王の怒りをかって謹慎ということであれば、二公子立太の願望は、まだ捨てたわけではあるまい。ならば、そのあと、手を結んで二公子を立てる――だが、年齢がいきすぎているし、利発そうだった。いっそ、なにも事情を知らない、幼い三公子以下を太子に立てれば、摂政として政を見つづけることも可能ではないか。

どちらにしても、邪魔なのは八大王だ。彼さえいなければ、あの憎らしい大公子もうしろだてを失う。狄妃も、わが子を帝位に就けられるから、感謝するだろう。

「――だれか」

いつもなら、たちまち雷允恭が脚もとにうずくまるところだが、今はそういうわけにいかない。しばらく沈黙があって、ようやく人の声が応えた。

「お呼びで」

「兄上に、連絡を。今すぐ、おいでいただきたいと」

御簾の前での緊張が解けたとたん、允譲は父親の袍《ほう》にすがりついた。

「父上――」

「どうした。恐ろしかったか」

「はい、少し」

無理もない。十二歳といえば、孩子《こども》だ。受益――戴星が十二歳の時は、もっとふてぶてしかったという記憶があるが、出生の事情を考えると、比較する方が酷だろう。

「何が恐ろしかった、允譲。娘子のお顔が見えたわけではあるまい。おそらく、とてつもないお顔をされていたはずだが」

「なにか、とても、気味悪く感じました。甘い声だったかと思うと、不意に憎くてたまらないといった調子になるので」

「表面はとりつくろえても、声音はごまかせぬか。そなたの兄は、あの妖怪のようなお人を敵に回し、互角に戦おうとしているのだ」

「だいじょうぶでしょうか」

　袍の裾から顔をあげて、少年は本当に心配そうな顔をした。

「大事ない。受益はおまえたちより数段に強い」

「兄上がお強いのはわかっています。屋敷の郎党が束《たば》になってかかっても、かなわなかったのですもの」

「武術の腕ではない。心が強いのだ」

「心？」

「まっすぐに何かを信じる心、なにかを求める心。つらいことや悲しいことに、動じない心」

　八大王の厳格そうな面に、微笑にちかいものがうかんだ。

「人の心配も知らずに、外をほっつき歩ける心。まあ、それもそろそろ終わりのようではあるがな」

　允譲が、声を落とした。

「父上、ほんとうでしょうか。あの老人の申したこと」

「数日うちに、受益がもどるからその準備をしておけとな。信じぬという証拠は、どこにもあるまい。そろそろ、もどってきてもよい頃合いだ」

――つい、二晩前のことである。

八大王の居室の衝立《ついたて》の絵が動いた。山水を描いたその絵の中の、点景の人物が動いて口をきいたのである。

人物は、崔と名乗った。

「殿下のご長子とは、顔見知りの仲――と申しあげても、にわかには信じていただけぬかもしれませぬが」

「信じましょう」

と答えたのは、ちょうど同席していた狄妃である。何によらず夫人を頼りとしていた八大王は、戴星に対する帝の招請にどう対応するか、相談していた最中だったのだ。

「これは、妃殿下にはご決断の早いことで、たすかります。実は、それほど長い間、お話し申しあげられませぬのでな」

「そなたでしょう、壺中仙《こちゅうせん》の崔秋先《しゅうせん》とやらは。包希仁どのから書簡でうかがっております。それで、ご用は」

「それでは、手早く申しあげまする。ご子息は近日中に、東京におもどりになられまする」

「まことですか」

「おそらく――」

老人は、確約しなかった。表情も、絵が小さすぎて判然としない。

「すくなくとも、数日うちにことは落着《らくちゃく》いたしましょう。その上でご無事ならば、この老体が責任をもって、すぐに御元へお返しいたしましょう。それから先の成り行きは、失礼ながら、殿下のお力次第。どうぞ、ご準備にぬかりのございませぬよう」

それだけをいい残すと、人物はまた、点景にもどった。おそらく、遠い場所から術をあやつり、姿を維持するためには、相当な力を費やすのだろう。

とにかく、崔老人のことばを信じて、八大王は動いた。二公子の允譲は、万が一の時のために、兄・受益が屋敷を出た直後にことの全容を話し聞かされており、父親の助力を自分からかって出た。

「とはいえ――先日の寇莱公《こうらいこう》からのお使いでは、つい数日前には岳州《がくしゅう》あたりにおいでだったとのことでしょう」

枢密使《すうみつし》の丁謂《ていい》の画策で、左遷《させん》され国土の南端へ追いやられた老宰相・寇準《こうじゅん》は、八大王の厚誼《こうぎ》に対して、最後の朗報を送ってくれた。

戴星――受益は無事、と。

だが、

「それからすぐに帰路につかれたとしても、ひと月はかかるはずです」

「都合のよいことが、そうそう起きるとは儂《わし》も思わぬがな」

八大王は、天をあおいだ。

「受益に関してだけは、奇跡が何度起きても不思議ないような気がする。親のひいき目かもしれぬが」

「でも、私もそんな気がいたします。弟の兄自慢かもしれませぬが」

八大王は、今度ははっきりと微笑して、少年の肩に手を載せた。

「とりあえず、信じるしかあるまい。あの崔という老人を信じるのではない。受益を信じて、帰ってくる前に娘子のご本性を証明するものを押さえておくことだ。危険な賭《か》けだが、すでに種はまいてしまった。ここ数日が正念場、油断をすれば、命がない——八大王家の断絶も覚悟せねばならぬ」

「はい」

「ほんとうによいか」

「私も、兄上が好きです。私たち弟妹とは、どこか距離をおいておられましたけれど、それでも、皆、それぞれ、ふとした時にやさしくしていただいています。ご事情をうかがってみれば、仕方のない話。ならば、兄上が正々堂々、ほんとうのご身分にもどられるのを見たいと思います」

「儂は、果報者かもしれぬな。受益のような子を思いがけなくさずかり、またそなたのような子を生むことができた」

みあげた天は、あいにくどんよりと曇っていた。

「江南の天候は、いかがであろうな」

「桃花源の空模様も」

無言のまま、八大王は少年の頭を撫《な》でた。

そのまま、振りむきもせず、

「何者か」

声をかけた。

「王爺に申しあげます。丁謂にございます」

寇準を逐《お》った張本人が、頭を低く下げてそこにかしこまっていた。

「お話がございます。娘子のお耳に届かぬところで、どうか」

八大王の表情に、迷いが走ったのは一瞬だけだった。拒絶しようか否か——。

「よろしい。話とやらを、うかがおうか」


舟の動きが変化したのは、その日の日暮れも近くなったころだ。

それまで、激流にさからってのろのろとしか遡上できなかった舟が、ある支流をやりすごしたところから、急に軽くなった。

川の水量がそれほど変化したわけでもないのに、櫂の動きに応じて舳先が水を軽々と切り始めたのだ。

「お――」

と、例の男が身を乗り出したところをみると、あらかじめ、説明されていたものと思われる。

「これから、どうなるんだ」

腕組みをしたまま、戴星が舳先の男に声をかけた。

「まだ、先か」

「今少しだと聞いております」

案外、すなおに男は答えた。

「なにか、目印でもあるのか」

「今に、公子にもおわかりになります」

「ずいぶん、もったいぶるんだな」

とはいったが、戴星も希仁も男の心底がわかるような気がしていた。

あると教えられたものの、それが現実にあるとは心底からは信じていなかった。むしろ、ない方がよいと思っていたのではなかろうか。

常識の内で生きている者が、その外にあるものを憎むのは理屈ではない。欲しても永遠に手のとどかないものであれば、なおのことだ。

彼にとって、桃花源などという甘い夢物語は、あってはならないものだったにちがいない。それが、もしかしたら目の前に現れるかもしれない。心の底におしかくし、あきらめてきた願望がかなうかもしれない。だが、その糸のように細い希望が断たれた時の落胆を思うと、その糸にすがるのはおそろしいし、自分の願望を他人に知られるのもいとわしい。

そんなところだろうか。

戴星は、周囲の光景に目をやった。

川の幅はますます細く、屈曲はいよいよひどくなってきた。

峨々《がが》たる山という形容があるが、それでもこの景色は表現しきれまい。

岩が柱のように、何本も垂直にそそりたち、その一部に輝くように濃い緑が塡《は》めこまれている。柱の頂上ちかくには雲がまとわりつき、脚もとからは霧がたちのぼり、その間をぬって川を上るのは、さながら天へ上る途をたどっているようだった。

傾きかけた陽光のかすかな琥珀《こはく》色が、雲の一部を染めているのを見て、

「昔の文人だったら、対句《ついく》のひとつも出てくるところですね」

希仁が、つぶやいた。

「おまえはどうなんだ。文章は得意だろう」

「科挙用の文章なら、なんとかなりますが。わかっているじゃありませんか。雅文は、無

調法なことぐらい」

「からかっただけだ。むきになるな」

舟は、先頭がまたひとつ、川の角を曲がるところだった。二隻目の姿はまだ見えていない。ふりかえっていた戴星が、ふと碧《みどり》色の水面を流れる異物をみとがめた。

なにか、ちいさな紙片のようなものが、ちらりと目の隅をよぎったのだ。こんな人跡まれなところに、紙屑など、妙な話だと何気なく見なおして、

「――なに？」

戴星はわが目をうたがった。

何度もまばたきをし、まぶたをこすり、じっと目をこらしてみる。水の流れにのまれて、それはまたたくうちに見えなくなった。

「どうしました」

「まさか」

「何か、不審なものでも」

「花片《はなびら》に見えた」

「花の咲く木は、いくらでもあります」

「紅《あか》かったぞ」

「紅い花も、何種もあります」

「そうだな」

あれが、花片だとしても桃だとはかぎらない。

冷静な希仁のことばで、戴星は気をしずめた。先入観があっては、真実は見えない。思いこみだけで、軽率に騒ぎたててはいけない。

ひとつ、息を吸いこんで、戴星は前方へ目をやった。舳先の男が、ふたたび身をのりだすのが見えた。

「——希仁」

声をかけて、腕をたたく。希仁も、応じてうなずいた。

男が見ているのも、前方の水面だった。

水の表に、紅い物がひとつふたつとあらわれ、こちらへ近づいてくる。流れは早く、さらに戴星たちの舟の速度も、相当に速い。息をのんで見守る間もなく、赤い点は舟端をすりぬけていった。

「花片には、まちがいないようですが」

希仁がつぶやいた。

「ひとつ、すくい上げられませんか」

「無理だ、こう速くては」

舟の速度が、また増したように思えた。舟を漕ぐ力や速度が変わったわけではない。それはまるで、上流から目に見えない綱でたぐりよせられているようだった。

「宝春たちは、もう、先へ行っているだろうか」

ふと、戴星がつぶやいた。

「この調子なら、漢臣もそう苦労せずに上れたと思いますが」

「――なんと思っただろう」

前方の視界をさえぎっていた岩の壁が、舟が進むにつれて右へ左へと開いていく。戴星は、川が開いた――と感じた。

川幅もいくぶん広くなり、両岸の岩が突然、なだらかな曲線を見せたのである。細い一筋の帯だった天が半円になり、その下だけに光がたまっているように思えた。

そして――。

緑したたる岸の林の中、戴星は一本の木に視線をひきつけられた。

あまり高い木ではない。

ゆるやかに横へ伸ばしたその枝の、一本の先端に、紅いものがちらりと揺れたのだ。その枝だけ、咲き遅れたのだろうか。他の枝には、緑の葉がしげっていた。その葉の形、そして木の形は、もうまちがえようがなかった。

「桃だ――」

第三章　地上《ちじょう》の天堂《てんどう》

舟は、岸沿いに進んでいた。櫂《かい》は一時も休んでいないが、どうやら舟の進行とはあまりかかわりがなくなってきたようだ。船の進路もまた、どうやら舵の動きとは一致しないらしい。

舟の本来の持ち主らしい老人が、困惑の表情でなおも舟をあやつる努力――もしくはふりをしていた。

「こんな山中です。気候が下流とちがっていても不思議はありません」

と、希仁《きじん》は頑固に主張した。

山中だけに、たしかに下流よりは寒いだろう。だが、初夏ちかくになって、桃が咲くだろうか。

「桃は老木になるほど、開花が遅いといいますよ」

「あれは、まだ若木の部類だった」

「一本きりなら、それだけの偶然ということも」

希仁のせりふをさえぎって、戴星《たいせい》は腕をまっすぐに伸ばして岸を示した。

「二本目だ」

花のついた三本目が見つかったのは、それからまもなくのことだ。

「落英繽紛《らくえいひんぷん》」

「中に雑樹なしともいいました」

希仁も、疑り深い。

「桃花源の存在を信じると、いわなかったか、おまえ」

「確実な証拠があればの話です。まだ、今のところ、不十分です」

今のところ、両岸は広葉樹の雑木林だ。

おだやかな水面に、舟の軌跡だけが波紋を広げていく。その波紋に揺られる花片《はなびら》の数が、見る間に増えていく。

川岸を、戴星はくいいるように観察していた。一本一本、たしかめながら桃の木をさがしている。

見つけるのは簡単だった。桃の木だと思うと、ほとんどが枝先に花をつけている。少しずつ桃の木が多くなっている事実は、いくら希仁でも認めざるをえなかった。

川には、いくつも細い渓流が流れこんでいる。

やがて、そんな渓流のひとつの川口が、花片で真っ紅《まか》に染まっているのが見えてきた。

「そこだ」

舳先《へさき》の男が、突然指で示した。舟はまるでその指示に従うように、岸にむかう。

丸い小石の堆積した瀬に、舟はしずかに横づけされた。後続の舟も、音もなくすべりこむ。先に錘《おもり》をつけた縄を川に投げこみ、岸に向けて板を渡す。

「今宵《こよい》は、ここで野宿することになりますが、よろしいでしょうか」

「だめだといったら、ひきかえす気か」

戴星が、皮肉った。

「おれは平気だし、この希仁もそこまでやわじゃない。一番の問題は、そこの二隻目の舟の主じゃないか」

「――すでに、ご承知です」

「説得には、苦労したろう」

「は――」

「何故《なぜ》、顔を見せない。といって、顔が見たいわけじゃないが」

「それが――」

もともと陰気な男だが、口ごもるのはめずらしい。

「どうした。正直に話せ」

その声には、有無をいわせない威厳がこもっていた。

それからまもなく。

二隻目の舟に岸から渡り板が伸ばされ、戴星と希仁、例の男の三人が足早に乗りうつった。一日、舟に乗っていたにしては、戴星の足どりは確かだった。希仁が多少、おぼつかないのは当然として、男ですら一度ふらついた。それをふりむきもせず、戴星は胴の間の覆いの垂れ幕を勢いよくひきあげた。

「雷允恭《らいいんぎょう》」

「――――」

声にならない悲鳴をあげて、舟底にうずくまっていた黒い塊がうごめいた。どうやら、逃げようとしたらしいが、思うように動けないらしい。

「安心しろ。命を取りにきたわけじゃない。その逆だ。しゃくにさわるがな」

戴星の声は、はっきりと怒気をはらんでいた。できるなら殺してやりたいが、そうもできないという焦燥《しょうそう》が、はっきりと声にあらわれていた。

その憎悪がかえって、雷允恭を落ち着かせたようだ。

「――ぎ、逆?」

「傷を見せてみろ」

「ち、治療してくださると?」

「おれが診《み》るんじゃない」

乱暴に告げると、背後をふりかえって、

「診てやれ」

「簡単にいわないでください。私は医者ではないんですから」

命じられたのは、希仁である。

「おれたちの中では、一番、心得があるだろう。それに、ここで死なれては困るといったのもおまえだぞ」

口では抗議したものの、雷允恭と直接のいきさつがない分、希仁の方が対応が温和である。青年が近づくのを、雷允恭は拒まなかった。

希仁は、脚にあるという傷を手早くあらためると、

「傷口から、毒がはいりましたね」

「そんなことは、わかっておる」

脛《すね》の傷は紫色に腫れあがって、脚は丸太のようになっていた。これでは動けないわけだ。全身に熱も持っている。

「なら、こんなところまで来るべきではありませんでした。岳州《がくしゅう》なら医者もいたでしょうし、適当な薬も入手できたものを。手当もろくにせずに放置したうえ、無理に動くからこんなことになったんです」

「いまさら、遅い。なんとかなるか、希仁」

戴星が、入口からのぞきこむ。

「もう少し経《た》てば、毒が全身にまわります。下手をすれば、脚を切らねばならなくなるでしょう」

男でさえ、顔色を変えた。雷允恭は、聞いただけでもう、目を回しかけてしまった。

「それで？」

「たとえ、切断しなければならなくとも、ここでは無理です。とりあえず、傷口を開いて毒のある血を出して、どうなるかをみましょう」

「できるか」

「ご助力、いただければ、なんとか。私は、刃物を使うのは苦手です」

「――こ、公子《こうし》、いえ、殿下」

雷允恭が哀願の視線を戴星にむけたのは、おのれの命が今、戴星のひとことにかかっていることをさとったからだ。

「どうぞ、どうぞ、お助けください。今後は、心を入れかえて殿下に誠心誠意、お仕えいたします。決して、けっして背きませぬ。どうぞ」

逡巡《しゅんじゅん》が、戴星の面をはしった。

無理もない。

まだ目も開かない、生まれたばかりで抵抗も哀願もできない嬰児《あかご》の戴星を無情にも殺しかけたのは、この男ではなかったか。

その憎んでも憎みたりない男を、手も汚さずに始末できる絶好の機会なのである。ここで見捨てたところで、知る者はわずかだし、責める者もいないだろう。

「どうぞ、お願いいたします。今、このようなところで死にとうない。桃花源を目前にしては、死んでも死に切れませぬ。どうか」

「助けてやれ」

戴星の決断は、速かった。

「ま、まことに――」

「ただし、条件がある」

「ど、どのような」

熱のために弛緩《しかん》した雷允恭の面に、ふたたび恐れの色が浮かぶ。ひきかえに出される条件はひとつしかないことを、彼もよく知っていた。

やがて――。

「日が暮れてしまってからでは、無理です。まだ明るいうちに、やり終えてしまいましょう」

希仁がてきぱきと指示をだした。川岸は、そこだけにわかにあわただしくなった。

「これで、最悪の事態は避けられたと思います」

施術のあと、希仁は戴星に告げた。

「ただし、あの御仁のことばです。ご信用なきよう」

話を聞いたのは、戴星の他には希仁とあの男だけ。男は雷允恭のいうがままだろうし、一書生の希仁では、証人としての価値は低い。科挙に落ちた末の錯乱《さくらん》とでも主張されれば、雷允恭の言い分の方が通るだろう。裏切りは、戴星も希仁も計算済みだ。

「あいつの忠誠など、期待はしていない。十七年前の事件の全容が聞きだせただけでも、収穫だろう」

と、いった戴星だが、その顔色がいつになく悪かった。

「血の匂いが、鼻についてとれないんだ」

希仁よりは血の匂いに慣れているはずの戴星が、その夜ばかりは神経質なほど手を洗い、衣服を何度も風に通した。

血のせいではない。推測していたこととはいえ、聞いた話があまりにも惨《むご》かったことが、戴星の神経を逆なでしていたのだ。

「たとえ、今、全内容を告白しても、東京《とうけい》にもどればてのひらをかえして否定する事態もあり得ます。いえ、十中八、九。そうしたら、どうなさいます」

「今、それを考えても仕方あるまい。それに、こうなったら、いつもどれるかわからない。桃花源を目前にして、ここで何日、野宿しなけりゃならないか」

悔しそうに戴星はくちびるを噛《か》んだ。

ところが。

翌朝早く、男たちが周囲の雑木を切り倒す騒音で、戴星たちは目がさめた。

寝場所に指定された舟の中から這い出してみれば、木を組みあわせて、急ごしらえの肩輿《けんよ》を作ろうとしている。広葉樹は針葉樹とちがって丈が低く、まっすぐに伸びているものが少ない。そのため、多目に伐《き》って必要な長さをその中から選ぼうと、手あたり次第に周囲の木を薙《な》ぎたおしているのだ。

中には、あきらかに役に立たない若木までが、根こそぎ引き抜かれている。

「止めないか！」

舟の舳先に立って、戴星が一喝すると、全員がぴたりと手を止めた。有無をいわさない激しさが、少年の内部から噴き出していた。

「どういうつもりだ」

「わが主《あるじ》を運ぶ輿《こし》を、作っております。ここからは舟を捨てて、徒歩となりますので」

この男だけは、音もなく戴星のそばにしのびよっている。回答を聞いて、戴星の機嫌はますます悪くなった。

「当分、動かすなと昨日、希仁がいったはずだぞ」

「熱も下がり、すっかり回復いたしました。もう、平気だと申しております。お疑いならば、いま一度、診ていただきましょう。ただ、まだ歩くのは無理なので――」

「希仁」

命じられるまでもなく、希仁は雷允恭の舟に乗り移っていった。待つほどのこともなく出てきた彼は、めずらしく「憮然《ぶぜん》」ということばがぴったりの表情をしていた。信じられない、もしくは気にくわない、といった心境だろうか。

「たしかに、身体の熱の方はもう下がっていますね。動かしても、だいじょうぶでしょう」

「たったひと晩で、癒《い》えたのか」

「切開した傷の方はまだ、癒着していませんから歩けません。でも、身体の内部の毒の方は、もうすっかり」

「特効薬でも、使ったのか」

「こんな山中です。せいぜい、熱さましの薬草ぐらいですよ。見ていたでしょう。それに、そんな薬が手に入るのなら、とっくの昔に宝春《ほうしゅん》に使っていましたよ」

「としたら」

「宝春の時とちがう条件といったら——そうですね、用いた水ぐらいでしょうか」

「水？　それだって、上流と下流の差異しか」

「渓流の水を使いましたよ。桃の花片を浸した、ね」

本流の方も、底が見えるぐらいに澄んでいるのだが、なるべく清い方がいいということで、渓流のそれもできるだけ上方まで汲《く》みにやらせた水を沸かして、傷口を洗った。それが効いたというのか。

「菊の露を混ぜた酒が、長寿の薬としてもてはやされるぐらいです。桃の花の水が、傷の毒の薬になったとしても不思議はないのかもしれませんが。ここの存在を世間の人が知ったら、医者は全員、廃業ですよ」

「安心しろ。めったにこんなところへ来る奴なんか、いるものか」

人跡未踏《じんせきみとう》といった印象の周囲の山と、無残に樹木が切り倒された跡を見ながら、戴星は嘆息した。

「来させちゃいけない、というべきかな。では、雷允恭は動けるんだな」

「人の手を借りる必要はありますが」

「かつぐのは、おれたちじゃない。なら、手加減してやる必要はない。早々に決着をつけさせようじゃないか」

「御意《ぎょい》」

「よせ」

こんな場合に、希仁がふざけたと思ったのだろう。戴星の機嫌がますます悪くなった。

「おまえにまで、頭を下げられるいわれはないぞ。雷允恭の支度を急がせろ。食事がすんだら、すぐに出発する」

渓流で水を勢いよくはねかえして、顔を洗いながら戴星は命じた。口調が、断固とした命令になっているのに、彼はまだ気づいていなかった。

半刻（約一時間）後、一行は花片をうかべる渓流沿いに、けわしい山道をのぼっていた。むろん、人の踏みかためた道などあるわけがない。けもの道がなければ、鉈《なた》で茂みを切り開きながらの上りである。

戴星たちはむろん、徒歩。雷允恭だけが、四人がかりの即席の輿に乗っての登坂となった。

輿は雑木ではなく、少し離れた場所から伐りだしてきた竹を束ねて、組み上げられている。その方が雷允恭の巨体を支えるためにはよいと、希仁が助言したからである。なるほど、細いが軽く弾力性のある竹は、男たちの負担も多少だが軽減しているようだった。

とはいえ、道らしい道もない山中で、大荷物を運ぶのはなみたいていの苦労ではない。渓流の中を歩いた方が、道に迷うおそれがないだけでも無難なのだが、水は身を切るように冷たい。

屈強な男たちが、四半刻と保たずに悲鳴をあげて、交替を申し出る。それでも耐え切れず、ついに輿に綱を結びつけ、数人でひっぱりあげることにした。

一方、上に乗っている雷允恭は楽かといえば、すべりおちそうになっては悲鳴をあげ、竹がしなるたびに輿にしがみつき、その合間に脚の傷の痛みにうめき、弱音を吐いては男たちをののしるといった風で、にぎやかなことこきわまりない。

ただ、その口からは一度も、ひきかえそうということばだけは出なかった。

戴星はそのようすを冷たい目で見ながら、

「宝春たちは、どうしただろう」

「あの調子なら、我々よりずっと先に、のぼっていけたでしょう。花片と桃の木を追っていけば、道をまちがえようもないですし」

渓流の岸のところどころに、昨日とおなじく桃の木が生えている。まるで、道標のように紅《あか》い花が咲いている。

花の量は、目にみえて多くなっていた。同時に、木は若木から次第に歳経《としふ》りたものになっていき、花は紅からわずかずつ色が淡くなっていく。

「おれのいっているのは、宝春の具合だ」

別れた時、宝春はまだ、やっと起き上がれるようになったばかりだった。

「いくら漢臣《かんしん》が力があっても、宝春をかかえて、ひとりでここを登るのは無理だ。李絳花《りこうか》玉堂《ぎょくどう》がいたとしても、目の不自由な李妃《りひ》と、纏足《てんそく》の何史鳳《かしほう》と、脚の弱い女ふたりを連れてここを登るのは不可能に近い。

「信じるしかないですね。彼らを」

「なにを根拠に」

「根拠など、ありませんよ。ですが、こう、不思議が続くと、なんでもありだと思うしかないじゃありませんか」

息を切らしながら、希仁は怒ったように応《こた》えた。

「こうなったら、桃花源でもなんでも、あるにちがいありませんよ。どうやら我々は、夢の領域に足を踏みこみつつあるらしいですから」

「なんだ。何を怒っている」

「怒ってなど、いません。ただ、夢が醒《さ》めた時のことを考えているだけです」

「夢?」

そこで、戴星が渓流の岸の岩に足をとられて、倒れそうになったため、話は中断した。いや──。

戴星の腕をとって支えた希仁が、

「お気をつけて」

だって──」

注意をうながして、顔をあげたその視線の先に、

「──いま、少しでございます。どうぞ、お足もとにご注意の上、ゆっくりとおいでいただきますよう」

ちょっとした崖の端に、蟾蜍《ひき》のような老人の姿がのっていたのだ。

「崔秋先《さいしゅうせん》」

「こちらでございます、さあ」

その手招きに応じて、大声をあげたのは雷允恭だった。

「急げ。あそこだ。急がぬか」

輿の上で、巨体をゆすって急かせたのだが、なにしろもともと急ごしらえで不安定な代物である。輿を支える、長い柄の部分が妙なしなり方をしたかと思うと、ばらばらと分解してしまった。釘を使わず、細く裂いた竹や竹の皮で要所要所を縛っていたものだから、摩擦と衝撃で切れたのだろう。

まず、雷允恭が渓流の中に落ちて、水柱を立てた。ついで、長短の竹が音をたてて水面をたたき、下流へ流れ落ちようとする。

戴星が身をひるがえしたのは、その時だ。

「希仁、まっすぐにのぼれ。ふりむくな」

「白公子、何を──」

男が後を追おうとする前に、戴星がぴたりとたちはだかった。手には、いつの間にすくいあげたのだろう、輿の柄に使っていた長尺の竹が一本、握られている。

「逃げきれるおつもりか」

「逃げる気はない。ただ、桃花源に入る資格も、おまえたちにはない。ここから、引き返してもらおう」

「公子こそ。東京へお帰り願わない方が、わが主のためかもしれませぬ」

「昨夜の話が、まずかったということかな」

男の手に、刀が光った。

彼が相当の使い手であることは、洞庭湖《どうていこ》のほとりで見せつけられている。ひとりで、しかも足場の悪いところでは、戴星に勝ち目はない。

男の視線に見すえられただけで、戴星の手足はあやうく萎縮《いしゅく》するところだった。

だが、

「いいのか、おれに関わっている間に、その大事な主が死ぬぞ」

そう、指摘するだけの余裕は残っていた。

なにしろ、肥満した身体の上に泳げない——というより、雷允恭は水に本能的な恐怖を抱いていたらしい。たいして深くもない水の中に頭からつっこんだまま、恐怖で全身をひきつらせている。

人手は多くあるはずだった。だが他の男たちは、ある者は希仁を追い、ある者はばらけた竹を集め、ある者は戴星に対峙《たいじ》している。雷允恭を助け起こそうという者は、ひとりもいなかったのだ。

男は、無言のまま刀をおさめた。顔色も変えずといいたいところだが、一瞬、悔しそうな表情が眼のあたりを横切ったのを戴星は見逃さなかった。

男が身をひるがえすのと同時に、戴星は呪縛《じゅばく》を解かれたように走りだした。先へ走った希仁の後を追う男たちを、手にした竹で薙ぎはらいながら、斜面を駆けあがる。

希仁はといえば、両手まで使ってなりふりかまわず這いあがったおかげで、相当な距離と速さをかせいでいた。戴星が追いついた時には、崔老人のいる岩棚にもう少しで手の届く位置まで、たどりついていた。彼にしてはめずらしい機敏《きびん》さである。

だが、それにも限界があって、ちょうど、希仁に追いすがった男がひとり、彼にむかって刀をふりかざしたところだった。

「希仁——！」

戴星が割ってはいらなければ、少なくとも希仁の身体に刀が達していただろう。戴星が目の高さにかざした竹には、ざっくりと刀が入った。

そのまま、斜めに竹を削《そ》ぎ落とした時、その男はしてやったりと思っただろう。少年との距離は、腕一本分もない。返す刀で切りあげれば、少年は血飛沫《ちしぶき》をあげたにちがいない。

だが、刀は彼が思ったようには動かなかった。肩先に灼《や》けるような痛みを覚えて、彼は刀をほろりととり落とした。斜めに削がれた竹の先端が、肩先に突き立っていた。

「白公子！」

希仁が叫んだ。

戴星は、とり落とされた刀をすばやく踏みつけると、足でさばいてはねあげ、左手で受けた。そのまま、相手の首すじに擬すと、竹を力まかせに抜いた。

たいして深い傷ではなかったのだが、血の匂いがあたりに充満した。

「公子、ここで殺しては」

希仁が注意するまでもなかった。匂いを嗅いだとたん、戴星は顔色を変えたからだ。

「──失《う》せろ」

と、戴星はつぶやいた。

同時に、足で男の腰のあたりを蹴り飛ばす。男は抵抗もせずに、斜面をすべり落ちていった。

戴星は、血のついた竹も投げ落とした。刀も捨てようとしたが、後から人が這いのぼってくるのを見てやめた。

無言のまま、希仁の腕をとってひき起こすと、

「急げ」

希仁を先に登らせ、自分も刀を口にくわえて後に続く。

「おあわてになりませぬよう、公子。連中が追いついてまいるには、まだまだ時間がかかりましょうぞ」

老人の声が降って来、同時に手が伸びた。それにはすがらず、戴星は自力で岩棚の上にたどりつき、口から刀をはずしてふと下を見て——。

「ここは、どこだ」

千丈の谷とまでいえば大仰な形容になるが、目の下は深い谷だったのだ。少なくとも、雷允恭たちは渓流のはるか下流でうごめいている点にしか見えない。

かたわらから流れだしている水が、岩棚を伝って小さな滝になっていたが、そんな距離と高さをのぼった覚えは、戴星も希仁もない。だいたい、それほどの距離を移動したのなら、それなりの時間と体力を消耗しているはずだが、希仁が平気な顔をして立っていられるのは、どういうことか。

「——縮地《しゅくち》の法ですか」

と、先に思いあたったのは、希仁の方だ。

「土地を縮めて、近い距離に見せかける、もしくはその間の距離を、一気に移動する仙術ですね」

「さすがは、よくご存知じゃ」

と、老人は蟾蜍《ひき》に似た顔をさらに横に広げて、満足そうに笑った。

「ようこそ、おいでくだされた、殿下。お待ち申しあげておりましたぞ」

「ここが、桃花源か」

「いえ。今すこし先でございます。ここから先は、儂《わし》がご案内いたします故、どうぞ」

手で示した先に、ぽっかりと洞窟が口をあけていた。

「山に小口あり、髣髴《ほうふつ》として、光あるがごとし、か」

「そのとおりでございます」

「何故、今まで姿をかくしていた」

「殿下は、儂のことをお疑いでございました」

希仁をふりかえって、戴星は彼がうなずくのをたしかめた。洞窟に入ってもいいだろうかという、相談である。

希仁は、まだ息をわずかにきらしながら、かすかにうなずいた。

「疑っていた？」

「そうではございませぬか？　李絳花の話を、お聞きになられたかと存じまするが。あれを聞けば、だれでも儂が悪さをしたと思いこみまする。女をたぶらかして逃げたあげく、捨てたと」

「ちがうのか」

戴星は、まっこうからの反論を期待していた。だが、

「現象だけを見れば、そのとおりでございまするよ」

老人は否定しなかった。そういって戴星を見た目に、いつわりはないと戴星は感じた。

「女を――綏花《すいか》を無責任にも連れ出して、結局、異郷に散らせてしもうた責任はあるやもしれませぬ。儂は逃げる気はないし、つぐないをしたいとも思うております。ただ、言い訳ではございませぬが、女の方から出たいといわねば、いくら儂でも連れ出すことはかないませなんだ」

老人とは思えない足の速さと確かさで、崔秋先は洞窟の中を、先に立って進んでいく。

「ともあれ、このいきさつでは殿下に信用していただけぬのはわかっておりましたので。といって、力ずくでご案内申しあげるのは、この老人では無理。術で導けば、とんでもないところへおいでになってしまう。これでは、策《さく》を弄《ろう》して、他人にお連れ願うしかございませぬ」

「おれを、ここへ連れてきたかったと？」

「はい、ことのはじめから」

「何故」

「ひとつには、殿下のおん為《ため》。ひとつには、儂のため、李絳花と話をつけるため」

洞窟はごく短いもので、入口に立った時にもう、前方はほの白く光っていた。たいした

話もできないうちに、三人はもう出口にたどりついていた。

そこは、ちいさな窪地だった。山肌が屏風《びょうぶ》のようにそそりたち、人の足跡と目を拒んでいるかのようだった。出入口は、その山の壁にうがたれた、この洞窟ひとつのみ。そして——。

その窪地の中央に、一本の木が生えていた。

桃の木だとは、すぐにわかった。

窪地のほとんどを覆うかのようにいっぱいに広げた枝の、どの先にも、霞のような花がついていたからだ。

花の色は、淡い淡い紅——白かと思うような薄い色彩が、いくつも折り重なって粉紅《ふんこう》に見えるのだ。曲がりくねった枝は、人の胴ほども太く、幹となった日には、大人が二、三人がかりでかかえきれるかどうか。

空の狭い、穴の底のようなこの窪地が明るいのは、ちょうど日が頭上にきている時間のせいもあったが、この桃の老木の枝の広がりと花の白さが、光をさらに増幅していたからでもあった。

いったい、樹齢は何年ぐらいだろう。百年、二百年——千年ぐらいはゆうに経っているかもしれない。

「これは——」

さすがの希仁が絶句した。

戴星はとっくの昔に、ことばを失っている。

なんという情景だったろう。

枝のどこかから花が散る。その一方で蕾《つぼみ》がふくらみ、ふわりと咲く。ただ、それだけのくりかえしが、この樹上で音もなく起きている。単純で、静謐《せいひつ》で、そして有り得ない光景だった。

この木に限って、永遠の春が周囲をとりまいているのだと、戴星は了解した。

「ここが――この窪地が、桃源郷か」

ようやく戴星がかすれた声をふりしぼってたずねたのは、崔秋先が木の幹にむかってゆるやかに踏み出した時である。

「いえ、そうではございませぬ。今、すこし、お待ちを。ここから先は、儂の力ではもう、入りこめませぬのでな」

「ここから、先？」

「はい。ここから先、例の容華鼎《ようかてい》が必要になるのでございますよ」

と、いいながら、節くれだった黒い幹に手をかけた。一方の手に、どこからとりだしたものか、小型の斧《おの》がにぎられていた。

「絳花どの。お出でくださらぬか。ちと、ご相談申しあげたいのでな」

その呼びかけに応じて、声がどこからともなく降ってきた。

「いまさら、話すことなどないと思いますけど」

一度聞いたきりだが、声の主は戴星にもすぐにわかった。ただ、声はするが、姿はどこにもない。かくれるような場所も、みあたらない。

「ともあれ、話だけでも聞いてくださらぬか。その上で、儂を桃花源へ入れていただけぬか」

「お断りいたしますよ。おまえがこの前、なにをしたか、私が忘れたとでもお思いですか」

「忘れておらぬと思うから、こうしてここまでやって来て、話をしているのではないか。どうしても出てこられぬというのなら、儂にも考えがありますぞ」

「ほう、どのような」

「ほれ」

老人がかざした手の先で、手斧《ちょうな》の刃が陽光を照りかえした。

「この、恥しらず——!」

悲鳴が、花の枝の間から降ってきた。

「桃の木を傷つけるつもりですか。花の源、命の源を!」

「そなたが現れなければ、そうするつもりでござったよ」

目の前の人影にむかって、そういって歯を向き出して崔秋先は笑った。

花枝の傘の端、ちょうど戴星たちのいる場所と、正反対の位置に、降ってわいたように人の影があらわれた。

「なんという、恥知らずな。なんという、無礼な——」

身を震わせて激怒しているのは、李絳花である。その陰にふたりの女——。

「母上——？」

「そのとおりでございまする、殿下。李妃さま、御子が御身をお迎えにこられましたぞ。十七年前、儂が申しあげたとおりになりましたでございましょうが」

崔秋先が誇らしげに告げた。

「さ、こちらへおいでくださいまし」

「寄るな」

女ふたりをかばって、身構えたのは李絳花。李妃とおぼしき婦人は、目を閉じたまま、懸命に耳をすましている。その李妃を支えて立っている女は、希仁の姿を認めると顔をそむけた。

崔老人は、それを目敏く見つけると、

「何史鳳どのも、こちらへ参られるがよい。その顔、治して進ぜよう」

手招きをした。

李絳花の、激しい非難が飛んだ。

「虚言《うそ》で、どれだけ人を惑わせばすむのです。おまえの術で、治るわけがない。癒せる術は、桃花源の中にしかないというのに」

「虚言は、そなたじゃ、絳花どの。桃花源に入ろうが、それはひとりでは治らぬ。そなたでも癒せぬ。花魁《おいらん》をもとの美貌にもどせるのは、こちらの包希仁おひとりだけじゃ」

「——ご老人、私は」

いきなり指名されて、希仁はあわてる。

「一書生です。医者では」

「その身を一番案じる者にしか、あの病は治せぬのでござるよ。李妃さまの御目も同様、癒せるのは天下広しといえど殿下おひとり」

「ほんとうか」

「はい。ただし、桃花源の中でしか、その力は効力がございませぬ。さて、絳花どの、容華鼎をおだしなされ」

「卑怯《ひきょう》な」

「卑怯は承知の上じゃ。ことばでいくら説いても、誤解は解けぬ。ならば、行動で示すしかない。たとえどれほど非難されようとも、結果が出ればわかっていただけると思いますのでな。おふたりとも、ほれ、こちらへおいでなされ。殿下、希仁どの、何をなさっておられる。おふたりを迎えに行かれませぬのか」

老人の背丈が、少し伸びたような気がした。気のせいかと、戴星は目をしばたたいた。

老人が手を伸べる。

李絳花が、歯ぎしりをした。しながら、同様に手をさしのべる。その白い手の上には、とろりとした緑色の玉の塊が載っている。

それが、次の瞬間には、老人の手の上に現れたのには、あっと驚いた。

ふたりの間の距離は一歩も縮まらず、李絳花が投げるそぶりを見せたわけでもない。ただ、まばたきひとつの間に、こぶし大の香炉は、老人のものとなったのだ。

それは、崔秋先が六百年ものあいだ、さがし続けていたもののひとつだったはずだ。だが、老人はなんの感慨も顔にみせず、手に入れたからといって勝ち誇りもせず、ただ淡々とそれを桃の根本に置いた。

ふところからなにやら、灰のようなものをとりだして、香炉の中に入れる。

それから、どこからかちいさな素焼きの壺をとりだすと、中から細い縄を取り出した。先には、火がくすぶっている。火を灰か土に埋めて、隠し持っていたのだろう。

その火縄で、香炉の中に火を移すしぐさをみせると、

「さて、これでよし」

崔秋先は立ち上がった。

おや、と希仁が首をかしげた。その理由は、戴星にもわかった。老人の背丈が、わずかだが、たしかに伸びた。桃の下枝に頭が触れたのがその証拠だ。

「綏花どのもそろそろ、こちらに到着する頃おい。とっくの昔に、そちらと合流しておいでだと思うておったが、いかがしたかな」

「そういえば、玉堂はどうした」

これは、戴星が李絳花にむけて発したことば。

「ご指示どおり、綏花たちの護衛にさしむけましたわ。だから、こんなことになってしまって――」

容華鼎の口から、白い煙がたちのぼるのを悔しそうに見ながら、絳花が応える。

「で、宝春は」

「すぐ近くにいるはずですけれど」

「――捜しに行こう」

母の方にひかれがちな視線をひきはがして、戴星は希仁にいった。心情からいえば、走りよって手を取りたい。生まれてはじめて、生みの母のぬくもりを感じたい。

だが、長いあいだ旅の苦労をともにしてきた宝春たちが、この場に姿を現さないのも気がかりだった。これから桃花源に足をふみいれるのならば、なおのこと。

この瞬間をのがすと、彼女たちはとりのこされるのではないか――。

宝春に対する責任が、戴星の身体と心を一瞬、二分した。その迷いを見抜いたように、

「殿下、なりませぬ」

崔秋先が止めた。

「ごらんなされませ」

差した先で、香炉からたちのぼる白煙が、霧のように拡散していた。この窪地全体が、その淡く香り高い霧に包まれようとしていた。視界が徐々に悪くなるのだが、不思議とけむくない。

「この香煙《こうえん》の中においでくだされ。でなければ――」

「宝春は、どうなる」

「ご案じなさいますな。すぐ、参りましょう。綏花としての記憶が宿っているならば。儂との約束を記憶しているならば」

「約束？」

首をかしげた戴星の思考を、

「――綏花！」

李綘花の悲鳴がさえぎった。戴星の背後、洞窟の方向で人の足音がいくつか、入り乱れたかと思うと、

「すまない、公子、希仁さん――」

洞窟の出口から、まず姿を見せたのは、漢臣だった。棍《こん》をかまえた姿勢のまま、あとずさりで飛び出してきたかと思うと、戴星たちの姿を煙の中にみつけて驚いた顔をして、それでも反射的に謝った。

そして、距離をおいて、次に姿をあらわしたのは。

「宝春」

宝春はひとりではなかった。人の腕に抱えこまれ、刃をその頬《ほお》におしつけられていた。それでも、不必要に泣いたり怯《おび》えたりせず、大きな瞳をきっと見開いて、戴星の姿をとらえ、

「あたしは、だいじょうぶよ」

逆に、力づけるようにいった。だが、その面からは血の気がひいている。恐怖のためではなく、おそらく傷の影響だろう。そうでなければ、腕力ではかなわなくとも、簡単に人に捕らえられるような娘ではない。

「どうぞ、お騒ぎになりませぬよう」

例の男が、低い冷えた声で告げた。

名前も知らないこの男だが、その非情さだけは戴星もいやというほど知っている。この男は、感情を沸騰させることがない。それだけに、どんな残酷なことでもやってのけるだろう。それは、声音だけで李絳花たちにも届いたらしい。花のむこう側で、何史鳳と李妃

が身震いするのがわかった。

三人目があらわれたのは、その時である。

「よくも、裏切ってくださいましたな、白公子」

うらめしそうな声は、襤褸《ぼろ》をまとった巨体という滑稽《こっけい》な姿とはひどく不つりあいで、戴星はあやうく笑うところだった。

雷允恭だった。

脚の傷がまだ癒えきらない身で、どうやってあの斜面をのぼってきたのか、衣服は泥だらけ、ひっかき傷だらけになっていた。男の腰にしがみつき、膝で這いながら進み出てきたその形相に、何史鳳がちいさく悲鳴を呑み、李絳花が露骨な嫌悪の表情を見せた。

中でも、もっとも過敏に反応したのは――。

何史鳳の腕の中に、きゃしゃな婦人がくずれ落ちた。それをみとがめて、

「李妃さま――まさか」

雷允恭が悲鳴をあげた。

「夫人、夫人、お気をたしかに。いかがなさいました」

何史鳳が、李妃を支えて懸命に叫んでいる。

「あの声。あの声は――」

李妃の、うわごとのようなつぶやきが、何故か戴星の耳もとまで届いた。雷允恭の姿が

見えたわけではない。だが、その声の主がだれか、鋭敏な李妃の耳はおぼえていたのだろう。その人物が何をおのれにもたらしたのか、つらい記憶がよみがえったにちがいない。

「雷允恭」

戴星の声が変わった。

「きさまの罪状は明白だ。これ以上、なにをしても、罪を重ねるだけだぞ。宝春を放すように言え。そうすれば――」

「罪を許してくださいましょうか。今までのことは、すべて、一切、なかったことにしてくださいましょうか」

すがるように、うかがうように、雷允恭は上目づかいに尋ねた。

「でなければ、嫌でございますな」

「つぐなう気は、まったくないと？」

「この小娘を盾に、桃花源へ入ることができれば、私の望みはかないまする。そうすれば、公子に許していただかなくとも、私の身は安泰。小娘を放したとして、たとえわずかでもお咎《とが》めをうけるのでは、割に合いませぬ」

「きさま――」

戴星のまなじりが、きっと上がった。

希仁が少しうしろにさがったのは、戴星の動きをさまたげないためだ。漢臣も、合図されるまでもなく、棍をぴたりとかまえなおす。が——。

「殿下、そのような奴ばら、おかまいになる必要はございませぬ。ほうっておきなされ」

ひどく冷静なことばが、その間にほうりこまれた。

「崔秋先、宝春が——綏花が殺されてもいいのか！」

老人にことばを投げかえしてふりむいた戴星は、また目をうたがった。

老人の背丈がまた、伸びている。それだけではない。髪が心もち、黒くなっていないか。顔の皺《しわ》が、減ってはいないか。

「その心配はございませぬ。綏花——宝春どのというてもよろしゅうございますが、死ぬことはございませぬ。それに——」

くつくつと笑う声が、急に頭の中に響くように感じられた。

「これは——？」

希仁が、異常に気づき、袖口で自分の鼻と口を被ったが、もう遅い。

香炉からの煙が脚もとにわだかまり、身体にまとわりつき、視界をさらに悪くしていた。煙がさまたげになっているだけではない、彼ら自身の視力が、あきらかに落ちている。同時に、身体の動きも鈍くなっていることに、戴星は気づいた。

「崔秋先——！」

「毒ではございませぬ。これは、眠るだけでございます」

「この桃の老木の、向《むこ》う側の世界——夢と申しあげてもよろしいが、そこへ入るためでございまする」

「桃の——？」

見あげた、その視線の先で、はらはらと白い桃の花片が散った。ひとつ、ふたつ、それが、見ているうちに数を増し、吹雪のように視界をさえぎる。

いや、それともこれは、煙だろうか。

甘い香りにつりこまれそうになるのを、懸命に頭を振って目を開く。身体が煙とともに溶けていきそうな気がする。

「ご無理なさいますな。煙と同様にならねば、桃花源へ入ることはかないませぬ。そちらのお人も、同様」

「しかし——」

戴星は納得できなかった。目がはっきりと醒めているうちに、宝春を安全にしたかった。理屈ではない。衝動的に、戴星は動いた。

結果的には、これは失敗だった。

戴星たちの方が、煙を長いあいだ吸っていた。その分、身体の麻痺《まひ》も激しかったのだ。ただでさえかなわない相手に、身体の動きの鈍い戴星が対抗できるはずがない。

男は宝春をかかえたまま、軽く身をひるがえした。宝春に擬されていた刀が、一瞬の何分の一かの速さで、ひらめいた。戴星の二の腕から鮮血が噴きあげて、散りしいた桃の花を真紅に染めた。

あがった悲鳴は、おそらく何史鳳の声だろう。

その瞬間には、戴星の身体は激しくうしろへ突き飛ばされていた。前には、漢臣の身体がたちはだかっている。漢臣の棍に、男の刀がぶつかり、弾きかえされる。

一合、二合——三合目のことだった。

漢臣が大きく、うしろへ飛びすさった。半丈（約一・五メートル）ほど開いた、その距離に、ふわりと上から黒い影が降ったのである。

音もなく重量もなく、ほんとうの影のような人の形は、男にむかって両腕をまっすぐに、無造作につきだした。そして、きつく抱えられていた少女の身体を、力まかせにむしりとると、自分の背でかばった。

不意をつかれて、手を放してしまったものの、男もただ黙っては見ていない。刀が、ひどく弱くなった陽光にひるがえる。白刃が影の肩口から背にかけて流れた時には、宝春は漢臣の腕の中へ、放り投げられていた。

「玉堂——！」

がくりと膝をついたのは、まちがいなく殷《いん》玉堂の顔だ。素手で男にいどむこと自体が無謀な上に、玉堂がこんな無茶をするとは思わなかった。

戴星は、意外さにたちすくんだ。いや、足が前にでないのは、香煙の効果が全身にまわってきたせいだろう。漢臣も、宝春の肩を支えて安全な場所まで下がったものの、そこでがくりと膝をついた。

雷允恭も、とっくの昔に煙の底に沈んでいる。ふりむけば、李妃と何史鳳のふたりの姿が、やはり香煙と花吹雪のむこうに、おぼろな影となっていた。

ただひとり、例の男だけがよろめきながらも刀をかざし、邪魔をした玉堂めがけてふりおろそうとする。

「白公子――！」

戴星は反射的に、身体全体を投げ出した。肩を丸めてころがると、その勢いでかろうじて、玉堂の肩先あたりにまではたどりつけた。

肩は、鮮血に染まっていた。

「殺すな――！」

と、叫んで手にした刀をやみくもにふりまわす。

が、その前に、男の刀は飛来した石つぶてによって弾きとばされていた。続いて飛んできた二弾目が、正確に男の眉間に当る。

これには、さすがの男もあっと叫んで、顔を押さえると、うしろざまに倒れた。そのまま、白い闇の底でうごめいているのが見えたが、なかなか起きあがってこない。

さすがの彼にも、煙の効果があらわれたのだろう。

「公子、怪我《けが》は」

と、這いよってきたのは、意外にも希仁だった。見れば、衣服の裾をひきちぎって口もとに巻きつけている。これで、幾分は麻痺を緩和させることができたらしい。

「――あの、石はおまえ、か」

朦朧《もうろう》としかける意識を、ふりはらいふりはらい、戴星はたずねた。

「ようやく、お役にたちました。非力は非力なりの、特技ですよ」

「出し惜しみ、しやがって――」

口の悪さは、いまさらである。希仁は笑ったが、すぐに注意を玉堂にふり向けた。

玉堂は、うつぶせになったまま、顔の半分をこちらへ向けていた。肩口のあたりには、流れ出る血で血だまりができているが、意識はまだあった。

特徴のある、鋭く切れあがった目の片方だけを、戴星に見せている。その目が、どうやら笑っているらしい。

「莫迦《ばか》」

戴星がその眼に投げつけたことばは、まずそれだった。

「おまえ、らしくないぞ。なんで、あんなことを」

「借りを、返した」

宝春を傷つけてしまったことをさしているのだろう。この漢《おとこ》は、まだこだわっていたのだ。

「やってきた、ことを、後悔しているわけじゃない。だが、借りは、返す。文句は、あるまい」

それに対しての戴星の答えは、ふたたび、

「莫迦」

の、ひとことのみだった。

それ以上のことばは、口が動かなかったのだろう。懸命に見開いていたまぶたが、鉛《なまり》にでもなったかのように落ちてゆく。前のめりになりかけたその身体を、希仁が支えたが、ゆっくりと地面におろすのがせいいっぱいである。

「今、血止めを」

おのれも眠りこみそうになるのを我慢しながら、希仁が傷をあらためようとするのを、真っ白な闇をかきわけてあらわれた手が止めた。

「心配、ご無用。あとの手当は、儂がやりましょう。御身も、安心して眠られるがよろしゅうございましょう」

「——あなた、は」

まちがいなく、壮年の漢の顔だった。だが、希仁はその両眼の中に、あの蟾蜍《ひき》のような老人の目の中にあったのと同質のものを見いだした。

渇望と、長い時に洗われた末の諦観《ていかん》ともいえそうな余裕と、皮肉と。

「崔秋先、どの——？」

漢は、否定しなかった。

「すこしばかり、予定外の者もまぎれこんでしまいましたがの。これより、桃花源へ、ご案内いたしまする」

樹木が夢など、見るものだろうかという疑問は、希仁にすれば当然のことだったろう。だが、それを口にすることは、できなかった。希仁が深い眠りの底へひきずりこまれたのは、それから数瞬のちのことである。

だれが最初に目醒《めざ》めたかは、さだかではない。ただ、それぞれが別の場所で別の目醒めを迎えた時、一番に気づいたのは甘い香りだったはずだ。

「明るいな」

と、戴星はまず思った。

旅の途中、野宿した時には、周囲の明るさで目を醒ましていた。だから、まだ江南《こうなん》へ下る旅の途中のどこかにいるような錯覚に、戴星はとらわれた。

寝すごしてしまったかと、軽く寝返りをうとうとして、右腕の痛みに気づく。二の腕には布が巻きつけられ、身体の上に載せられていた。寝返りをうったはずみに、すべり落ちたそれを、だれかの手が静かに持ち上げてくれた。

「――宝春?」

一番に口をついて出たのは、その名だった。旅の間、寝過ごしがちな戴星をたたき起こしていたのは、いつも宝春の声だった。重いまぶたをゆっくりと引き上げると、白い顔が見えた。
二、三度、まばたきをする。まぶたが、こころもち軽くなる。視界も、透明になってくる。顔の輪郭がはっきりすると、それがもうすこし面長な、大人の女の顔だとわかった。
「史鳳姐《ねえ》さんじゃないか」

「お久しゅうございます」

やつれはしているが、開封《かいほう》の妓楼《ぎろう》で一夜、追われる戴星たちをかくまってくれた時の花魁の顔が、そこにあった。衣服こそ、農婦とかわらないような粗末な木綿だが、その表情が、あの夜と同様な明るさと自信に満ちているのに、戴星は気づいた。

(そういえば)

何史鳳の顔は、原因不明の病で、皮膚が妙な色に変色している。そう、宝春たちから聞いていた。ついさっき——と思うのだが、桃の老木をはさんで遠目で見た時も、たしかにその面には、以前にはなかった黒い影が落ちていたように思った。

他のことにとりまぎれていて、克明《こくめい》に見たわけではないし、史鳳も始終面をそむけていて、はっきりとは見せなかったのだが。

「姐さん。治ったのか」

「おかげさまをもちまして」

何故か、はずかしそうにうつむいて、史鳳はうなずいた。

「どうやって。いや、だいたい、どういういきさつで、あんなことに」

「早く申せば、崔秋先さまのお心づかいでございました」

「——あいつの？」

その声に、信じられないといった調子が明白に出た。史鳳は軽く笑って、

「あたしも、最初はひどく恨みも憎みもいたしました。大事な花魁の顔を、妙な術でだいなしにしてくれた、あいつのせいで落ちぶれたと。でも、こうでもしなければ、あたしは妓楼から一歩も出られなかった。そしたら、あたしは今でも東京にいて、思いだけで焦《こ》がれ死にしていたかもしれません」

「とんだのろけだ」

さすがの戴星も、げっそりとした表情をあらわにしながら、ゆっくりと起き上がった。視線をめぐらせて、周囲のようすをうかがう。何の変哲もない、農家の内部だ。江南あたりの、さして裕福ではないが、とりあえず自らの力で土地を耕していける農家の、一間きりの家といったところだろうか。質素で素朴な木の牀《ねだい》は清潔だが、卓子《つくえ》や棚には埃《ほこり》が積み、炉は長いあいだ使われた形跡がない。寒いわけではないが、全体に冷え冷えとした印象があるのは、史鳳の他に、人の気配もないせいばかりではないようだ。

その史鳳は、首を振って、

「いえ、そうではないのですわ。あたしの、とんでもない思いあがりを、そうやって冷やしてくださったのですわ、あの崔秋先さまは」

「思い上がり？」

「世の中、思うとおりにならないものはない。贅沢三昧《ぜいたくざんまい》、いい気で遊び暮らす日々が、いつまでも続くと思っていたのですわ。だから、いうことをきかせられない殿方もいないと」

「――いったい、希仁なんかのどこがよかった。おもしろみのありそうな漢には、思えないが」

「女は、手の届かないものが欲しくなるものですのよ。でも、希仁さまにいわれましたの。思ってくれるのはありがたいが、人の気持ちを無理にねじ曲げることはできない、と」

「あの、莫迦。せめてもう少し、ことばを選べばいいのに」

舌うちをして、戴星は牀から立ち上がる。ちいさな窓へ依《よ》って外を見たが、そこからは狭い裏庭の泥壁が見えただけだった。

「でも、あたしはうれしゅうございましたよ。妓女《ぎじょ》だからといって、見下したりごまかしたりなさらず、希仁さまは対等にあつかってくださいましたもの。それに、この顔を癒してくださいましたもの」

「いったい、どうなってたんだ」

史鳳のくったくのなさにつりこまれて、戴星も無遠慮に尋ねた。

「あたしにも、わかりませんの。でも、希仁さまが、ここの水に浸した布で拭《ぬぐ》ってくださったら、きれいに——。希仁さまが、おっしゃったんですのよ。色恋沙汰ではなく、ひとりの人間としてなら、あたしのことを心配もしているし、役に立つなら何でもしようと。そしたら、崔さまが指示なさって」

水鏡《みずかがみ》に映ったおのれの顔を見て、史鳳は思わず歓声をあげてしまったという。

「今から考えれば、あの思いが本物だったのかどうか。いえ、気持ちは本物だったんでしょうけれど、希仁さまの本当の姿をどのぐらい見定めて、そんなことを思いこんでいたのやら。もしかしたら、自分の作った幻に自分で焦がれていたのかもしれないと——。あら、あたしとしたことが、あたしのことばかりお話しして」

戴星は笑った。

「皆、とりあえず無事なんだろう」

「何故、おわかりになりますの」

「ひとりでも、命にかかわるようなことになっていれば、姐さんがそんな幸せそうな顔をしてるものか」

「――ご慧眼《けいがん》、おそれいります」

史鳳は、深々と頭を下げた。

「でも、いったいどなたのことからお話しすればよいものか」

「玉堂は、どうした」

真っ先に訊《き》きたいのは、母の安否であるはずだ。だが、戴星は少し時間はあけたが、まずもっとも重傷を負っているはずの者の状態を確認した。

「ご無事ですわ」

「傷のようすは？　それに、皆、どこにいる」

「母家《おもや》におられます。まだ、目は醒めてはおられませんでしたが、心配はないだろうとのことですわ」

「宝春は」

「それが、ここには――」

「さっき、無事といったじゃないか」

「ご無事なのは、崔さまが確かめておられます。でも、絳花さんが連れていってしまわれたそうで。きっと、おふたりが以前に住まわれていたお屋敷だろうということで、漢臣さんといいましたか、あの小僧さんがようすを見にいっておられます」

「――では、母上は」

「李妃さまも、母家でございますわ。怪我ひとつ、負ってはおられませぬし、希仁さまがついておられます故、ご安心を」

「なんだ、おれだけ仲間はずれか」

「家が狭いのですわ。それに、医薬の心得のあるのは希仁さまおひとりですし、公子のお怪我はお命に関わるようなものではございませんし。そりゃ、あたしのお世話ではご不満かもしれませんけれど」

史鳳に皮肉まじりにいわれて、戴星はわざとらしく話題を変えた。

「――それで、ここはどこなんだ」

あの山中に、こんな家があったことが、そもそも意外だった。人気がないのは、邑人《むらびと》に見捨てられたせいかもしれないが、長い間無人だった気配があるわりに、家が朽ちていない。人の住まなくなった家は、人が寝起きしている時よりも傷み方がはげしいものなのに。

不審に思いながら扉をあけて、戴星は息を呑んだ。

「これが――桃花源か」

目前には、林が広がっていた。

果樹林ででもあったのだろうか、人の背丈よりも少し高いぐらいの木が幾本も幾本も、見渡すかぎり植わっていた。

ただ、その木には花も葉もなく、枯れた枝がむなしく空に突き出ているばかり。土地は、乾ききって一部にはひびもはしっている。疎林《そりん》ということばがあるが、目の前の林はもっと空虚な印象だった。

枝ぶりしか見えていないが、戴星にはなんの木か、すぐにわかった。

「桃――」

空は、薄ぐもりだが、光はどこから来るのか春の昼間のような明るさがある。疎林のずっと奥には、おそらく史鳳のいう母家のゆったりとした屋根が、透けてみえていた。

四方をとりかこむなだらかな山は、明るい緑で埋もれている。けっして土地が痩《や》せているわけではないし、季節が一足とびに進んだわけでもない。ただ、この邑の内部、桃の林だけが、ありとあらゆる季節からはずれてしまったようだった。

だが、戴星には見えるような気がした。

この林が季節をとりもどしたら、どうなるか。

どこから見ても、美しい――東晋《とうしん》の詩人、陶淵明《とうえんめい》が詩に詠《うた》った平和で豊かで、理想的な田園の風景になるはずだ。

ただし、もうひとつそれには、条件があって、

「せめて、人の姿があれば」

「そうなんです。この邑には、今はだれひとりとして、いないようなんですよ」

史鳳が、戴星の後を追って出てきた。

「今？」

「昔は――崔さまがここへ来た時には、大勢、人が住んでいたそうですけれど」

「住んでいた――というのは、ちと、語弊《ごへい》がござりまするな」

斜面の横手から現れた漢が、史鳳のことばをひきとった。

戴星には、その漢に見おぼえがなかった。

「――だれだ」

と、一礼をかえした史鳳に小声で尋ねる。史鳳が答える前に、

「お見忘れになられましたか、殿下。壺中仙《こちゅうせん》の崔秋先でございまする」

「まさか」

蟾蜍《ひき》のような老人と、目の前の漢とはまったくの別人に見える。この男は、せいぜい三十歳そこそこといった歳だろう。背もまっすぐに伸び、顔もとりたてて特徴もなく、蟾蜍のような異相のかけらも残してはいない。だが、戴星もまた、その両眼の中にある共通性

を見てとった。とっさには否定したものの、

「そうか。ここが桃花源か」

その脳裏には、死の間際に老人から少年の姿へと、時を逆行していった宝春の祖父のことも浮かんでいたにちがいない。

崔秋先は桃花源の住人ではないが、その関わりの深さからいって、影響をうけていても不思議ではない。

「はい。桃の老木の内部でございます」

それほどの歳とも思えない者が、古風な物言いをするのは、違和感があった。

「さっきも、そんなことをいっていたな。いや、それともあれから、もう何百年も経っているのか」

皮肉ると、

「つい、さきほどでございますよ。ほんの、瞬《まばた》きひとつほど前で」

「瞬きひとつで、傷がふさがるか」

戴星は右腕を振ってみせた。まだ痛みは残っているが、動かせないほどではない。それに、史鳳の貌《かお》が癒えた経緯も、それなりに時間がかかっているはずだ。

そういうと、漢――崔秋先はにこりと笑った。

「樹木にとっては、人の一生も一瞬に過ぎませぬよ。まして、この木は千年以上の時をゆ

るやかに生きて、これからさらに生きようとしているのでござりますから」

「おまえも、そうか」

と、話の鉾先《ほこさき》をむけると、

「これまでは、そうでござりました。この姿は、桃の木が憶えている儂の姿でござりますから。しかし、これからはいかがなりましょうか」

さっぱりとした、底意のない顔つきでさらりといわれて、戴星の方はすこし拍子《ひょうし》ぬけした顔になった。

「最初から、ご説明申しあげたいとは存じまする。ただ、時間がかかりまする。いただいてもよろしゅうござりますか。殿下には、何をおいてもお顔を見たい方がおいでのはずですが」

「無事なら、いい。ここまで来たんだ。急がない」

「よろしゅうござりました。――実は、李妃さまはまだ、お目醒めになっておられませぬ。今、希仁どのが看病しておいでじゃ。いや、お身体《からだ》には別状ございませぬ。ご安心くだされ。ですが、今すこし、お時間をいただきとうございます。さいわい、というべきか、失礼ながら拝見したところ、殿下も、いささか気おくれなさっているごようす」

「莫迦をいえ――」

と、少し以前の戴星ならば、一言のもとに否定しただろう。だが、彼は目もとで笑った

「あの香煙は、さほど吸うておられぬはずですが、今までいろいろとござりましたでしょうからの。お身体もお弱りでござりましょうが、ご心痛の方がいかがであったかと」

いろいろと要因はあるが、ほとんど動かなかった何史鳳や、煙を意図して吸わなかった希仁は、すぐに目が醒めたらしい。一方、玉堂はまだ、深い眠りから醒めてはいない。激しく動いたせいもあるし、傷を癒すためにもより深く眠る必要があるのだろうと、崔秋先は語った。

「ですから、いますこし、ご対面はお待ちいただきたいと存じまする。その間に、これまでのいきさつを、すこしずつお話しできればありがたいかと思いまして、こうして参上した次第。話し終えましたら、李妃さまのもとにご案内申しあげまする。その頃には、玉堂どのの怪我も癒えるかと存じまするし、李絳花と綏花――宝春どのの所在も知れるかと存じまする。なに、それほど広いところではござりませぬ」

よろしいかと、なおも視線で確認をとってくるのに対して、戴星はしぐさで可と示した。何史鳳が、家の奥からちいさな腰掛けを取ってきた。明るい戸口にそれをふたつ、並べる。崔秋先が、ゆっくりと掛ける。勧められて、戴星も素直に座った。

「さて、何からお話し申しあげてよいやら。あのころの儂はただ、この世が平穏であればと、それのみを夢見ておりました」

「――戦《いくさ》は、もう、あきあきしておりましたが、さりとて武力で国を平らげるような器量はなし。寺やら道観《どうかん》（道教寺院）に入ってはみたものの、念仏三昧、修行三昧には納得できませなんだ。ただ祈っていても、ことは何ひとつ起こりませぬ。道教の呪文では、人は争いをやめませせぬ。幸か不幸か――おそらく、不幸だったのでござりましょうな、どういうわけか仙術だけは、やすやすとものにできたのが、まちがいのもとでござりましたよ。おそらく、思いあがっていたのでござりましょうな。秘術を尽くし、ありとあらゆる文献の断片をつきあわせ、捜しにさがしたあげく、つきとめたのが、この桃の老木のことでござりました。――桃花源とは、この桃自体のこと、この老木の内側にある、木が見ている夢のようなもののことだったのでござりますよ」

「これが、夢か」

聞いても、戴星《たいせい》はにわかには信じられなかった。いや、信じてもいいのだが、実感がない。夢ならば、もっとふわふわととらえどころがないものではないのか。しかし、たとえばこの腰掛けはしっかりと身体を支えているし、思わず踏みしめた地面も堅い。

崔秋先《さいしゅうせん》は、笑って首をふった。

「いえ、夢というのは、比喩《ひゆ》と申しまするか――適当なことばがござりませぬので。桃の木の記憶、と申しあげた方がよろしいかもしれませぬな。見た物聞いた物を再現する力を、あの木は持っておるようなのでござります」

「何故《なぜ》、あの木だけが、そんなに特別なんだ。樹齢はたしかに重ねているだろうが――おまえがはじめてここに来た時といえば、たしかに老木ではあっただろうが、それほどめずらしくもなかっただろう」

ふと思いついて口をはさむと、崔秋先はうれしそうな顔になった。

「仰《おお》せのとおりにござります。この桃は、仙桃なのでござりますよ。度朔山《どさくさん》（伝説上の山）か、蟠桃《ばんとう》かは判然といたしませぬが」

「西王母《せいおうぼ》の？　あの蟠桃か？　寿命が千年延びるという？」

「かもしれませぬ、という話でござりまするが」

「希仁《きじん》が怒らなかったか、その話」

真顔でうなずく崔秋先に、戴星はそんな皮肉しか投げつけられなかった。

女神の長である西王母が管理する桃は、仙界の食物で、不老不死の妙薬であるという。

たしかに、民間ではそういい伝えられているし、昔、漢《かん》の武帝《ぶてい》はその桃を手にしたともいわれているが。

「それとも、漢の武帝が食ったあとの種が、ここに生えたとでもいうんじゃなかろうな」

「残念ながら、ちがいましょう。この桃は、正確には仙桃の、何代目かの子孫のようでござりますから。桃を食べても、不老にならないのは、ほれ、ここを出たあとの儂《わし》をごらんになればおわかりかと」

戴星の憮然《ぶぜん》とした面は、ちょっとしたみものだった。なんといって応じればいいのか、これほどことばに詰まったことは、そうそうないはずだ。しかも、

「それから、包希仁《ほうきじん》どのなら、すぐに納得してくだされましたぞ。文曲星《ぶんきょくせい》、武曲星《ぶきょくせい》が地上に降臨することがあるのだ、桃の種が天界から零《こぼ》れることも、もしかしたらあるやもしれぬと」

「あいつ——」

文曲星の化身のいうことには、ひどく説得力があった。

「それで」

「先ほど、夢やら内部やら申しましたが、これは儂の仮説にすぎませぬ。南柯《なんか》の夢という物語も、古くはござりますから、その一種かもしれませぬ」

南柯の夢とは、午睡《ひるね》中にさまよいだした魂が、木の根本の蟻《あり》の巣へさそいこまれ、その

王国で生活するという物語だ。ならば、桃の木の内部に小天地があるという推論も、突飛《とっぴ》な発想ではない。

「さらに、壺中天《こちゅうてん》ということばもございります。壺《つぼ》の中にも小天地がございます。ご存知のとおり、儂の会得《えとく》している術もそういうものでございます」

それも、戴星はいやというほど知っている。開封《かいほう》の街で、宝春《ほうしゅん》とふたり、老人の作りだした世界をさまよったことがあった。

「桃の周囲で香を焚《た》いたのは、どういう意味だ」

「だから、儂にもはっきりとしたことは、断定できぬわけで。もしかしたら、容華鼎《ようかてい》という香炉が、桃のつくり出す世界に通じる入口になっているのやもしれませぬ。儂の使う壺とおなじでございましょう。容華鼎からしか道が通じぬことから思えば、もしかしたらこは、容華鼎の内部かもしれませぬ。ただ、容華鼎の道が開くのは、あの桃の根本で香を焚いた時だけでございますから、もしかしたら、香の効用で、桃の木の周辺の時やら場所が歪《ゆが》むのかもしれませぬ」

縮地《しゅくち》の法が可能なことを、実体験したばかりである。ならばそんなことも有り得るかもしれない。

「ただ、こうして入りこんでみれば、六百年前から地形も家のたたずまいも変わらず、桃花も、以前と同様に咲き誇っておることだけが、儂にとってはたしかな事実なのでござりますよ」

「──桃の木の記憶といったな、おまえは」

「桃の魂《たましい》と申しあげてもよろしかろうかと。桃にかぎらず、草木にも生命があるのでござります。魂があってもおかしくないと存じますが」

それに関しては、戴星もべつに異議を唱える気はなかった。

「桃の魂が、その木の周囲で展開された光景だの、天界のありようだのを憶えていて、おのれの周囲に影響を及ぼしているのだと、儂は推論いたしました。この桃のどこかに、幸せな、平和な世界が抱きかかえられているのだと。その世界を、こんな深山のみにとどめず、下界に広げたらどうなるか──それが、儂のたくらんだことだったのでござります」

「綏花《すいか》をつれだしたというのは、そういうわけがあってのことか」

「最初に見た時に、桃花の精だと直感いたしました。桃の魂が凝《こご》って、人のかたちをなぞったものだと。桃の果実のようなものだ。ならば、この娘を外へつれだして、俗世に桃の魂の核《たね》をまこうと考えたのでござります。今から思えば、無茶なことをいたしました。ただ、前にも申しましたが、力ずくで連れだしたわけではござりませぬ。綏花が外を見たいといいだしてくれなんだら、儂とてどうしようもありませなんだ。ただ、知っておくべきでござりました。記憶にも限りがあるものだということを」

ひとつ、嘆息《たんそく》して崔秋先は遠い目をした。その先には、枯れた枝ばかりが続く。だが、その眼は、別のものをながめているようだった。

「限りがある」

「さよう。ごらんになられましたはず、川のほとりを。川岸の桃は、中にはこの木とは関わりないものもございましょうが、この桃の種から生えたものもございます。ところが、それとはかかわりなく、距離の近いものはほとんど一年中花をつけまするが、距離が遠くなると、ふつうの桃にもどりまする」

「老木の影響力が及ばなくなる、ということか」

「逆に、関係のない木が、この木の周辺で花をつけておるのでございますから、そう考えるのが自然かと。綏花もまた、この川を下ると、ただの人間の女となりました。いや、なったと思うておりました」

「綏花を置き去りにしたのは、事が失敗したからか」

「置き去りになど、しておりませぬ。綏花が自分から、望んだのでございますよ。さる邑《むら》の若者に恋をして」

「――ちょっと待て」

戴星は、崔秋先のことばを中途でさえぎった。

「では、綏花が裏切ったというのか」

「いえ、そうではございませぬ。儂と綏花とは、そういう仲ではございませなんだ。にわかには、信じていただけぬかもしれませぬが」

「惚《ほ》れあって、私奔《かけおち》したわけではないと？」

「まあ、白状すれば、多少、儂にはその気はござりましたがの。綏花にしてみれば、世間知らずの若い娘が、未知のものを見たくなっただけのこと。それは、退屈もいたしまする。百年、二百年、何年経ってもここの生活は変わらぬのですから。人が老いて死ぬでなし、人が生まれることもなし――」

「不老不死、か」

「死すべき宿命の者には、すばらしいことのように思えまするが、実態はそれほどよいことではございませぬよ」

不老はともかく、六百年以上ものあいだ、ひとりで生きてきた漢《おとこ》のことばには、ずしりとした重みがあった。働きざかりの漢の貌《かお》に、気のせいか、激しい疲れと翳《かげ》が落ちてきたようにも見えた。

「それにあきあきしていた綏花には、儂の出現と誘いは絶好の機会と思えたのでござりましょう。いえ、それを恨《うら》むつもりはござりませぬ。儂とて、利用したといえばお互いさまじゃ。とはいえ、憎みあって別れたわけでもござりませぬ。そう、兄が妹の幸福を願って嫁がせてやる――そんな気持ちでござりましたよ。その時に、ひとつ、約束をしたのでござります」

そういえば、約束がどうのと口にしていたと、戴星はうなずく。

「綏花は、こう申しました。俗世でふつうの人となれば、子を残すことになるだろう。その子、その孫、何代後になるかわからぬが、いつか、桃花源のあの桃のもとへ連れもどってはくれぬか。それが、姉の絳花《こうか》へのせめてもの詫《わ》びになろうと」

「では、宝春の身を狙っていたのは」

「綏花の子孫をさがしだして、ここへ連れもどるためでござりました」

おのれの欲のためではないと、崔秋先は胸を張っていった。

「儂も、せめてもの罪ほろぼしのつもりでござりました。いえ、絳花に対してではござりませぬ。あの桃の老木に対して、申しわけないことをしたと——樹木にも、感情があると申しました。この桃は、大事にしていた娘の綏花を失い、つづいて絳花が出ていったことを悲しんで、人をおのれの世界に住まわせることを止めてしまったのでござりましょう」

「それで」

無人の邑を見渡して、戴星はうなずいた。

「それを——そのいきさつを、絳花には話したのか」

「いえ、いまだ」

「何故。時間はあっただろう」

絳花が宝春を連れ去ったというなら、崔秋先は絳花の姿をこの桃花源で確認したということだ。崔秋先の落ち着きからいって、力ずくで連れていかれたわけではあるまい。彼の容認のもとに、絳花が宝春の身柄をあずかったという方が正しいだろうし、その間にはふたことみことでも、話はできたはずだ。

「今までのいきさつがございます。なかなか、一度聞いただけで得心はしてくれますまい。ですが、綏花がこうしてもどりました故《ゆえ》、いずれ、この邑にも人の声や営《いとな》みがもどりましょう。その結果を見れば、あの女の心もきっと解けると存じまする。——もっとも、以前とおなじく、毎日毎日、まったく変わらぬ日々がかえってくるだけかもしれませぬが」

「おれたちが入りこんだことは、影響しないか」

「少しは、するかもしれませぬな」

崔秋先は、期待するように笑った。

「どうなるかは、儂にはわかりませぬ。どちらにせよ、儂はここを出たら、もう二度ともどってくるつもりはございませぬから。外へ出たら、そこで寿命が尽きるかもしれませぬし、それならそれでよいつもりですし」

「おれたちは、どうなる。もとへもどれるのか」

「それは、儂がなんとか。李絳花がなんと申すかわかりませぬが。あの女は、面倒見はよろしいのだが、気性がきついのが玉に瑕《きず》でございます。李妃《りひ》さまを絳花にさらっていかれた後、敢えてとりもどさなかったのは、あの女の機嫌を損じると、なにかと母君に不都合になるのではと思いましてな。逆に任せておけば、誰の手からも、最後まで守りとおしてくれるものとわかっていたからでございます」

「母を――何故、助けてくれた」

「さて、何故でございましょうなあ」

崔秋先は、また笑う。おだやかだったが、少しくちもとをゆがめて、屈折した翳のある笑い方だった。

「さて、見て見ぬふりができなかった――というほどの正義漢ではございませぬし。偶然と気まぐれとしか申しようがございませぬ。なにか、得になると思うたのかもしれませぬし、それとも、おそれおおいことながら、妃殿下が綏花に少し似ていたとでも申しあげれば、ご納得いただけるのでございましょうか」

からかうような口調だった。裏をさぐれば、いくらでも解釈の余地のあることばに聞こえた。

だからこそ、戴星はそれ以上の追及をやめた。

「感謝している」

「罪ほろぼしの一端には、なりましたかの」

そういって、意味深長なまなざしで戴星を見たのだが、戴星はわざとその視線をはずした。

感慨にふけっている余裕はなかったし、実際、戴星の注意をひくものが、視界の中にごくさりげなくあらわれたのだ。

「希仁」

林の間から、ゆっくりと歩みよってくると、

「準備は、よろしいですか」

それだけを尋ねた。

なんの準備だとはいわなかったが、戴星にはすぐにわかった。だから、

「人の顔を見るなり、それだけか。怪我の具合はどうかとか、なんとか、ひとこと訊《き》いたらどうだ」

わざと、くってかかった。

希仁はあいかわらず、いっこうに動じない。

「たいした怪我じゃないでしょう。どうせ、重傷だからと申しあげても、動きまわるくせに。よろしかったら、母家の方へご案内します」

「——醒《さ》められたのか」

表情も態度も、かわらない。むしろ、冷淡ではないかと思えるほど冷静に訊いてのけた戴星である。だが、いつもの彼らしくない口ぶりが、その心情をあっさりと白状していた。

希仁は、人の悪そうな微笑をふくみながら、

手招きだけして、さっさととって返してしまった。

「待たないか。他にいうことはないのか」

「なにか、ありますか」

「史鳳姐《しほうねえ》さんに、なにもないのか。どうするつもりだ」

「それは、この邑から出たあとでもよいことでしょう。それに、姐さんとはきちんと話をして、おたがいに納得しています。郎君《きみ》みたいに、逢う前から逃げ腰になっているのとはわけがちがいますよ」

「こちらへ」

「あいつ、急に態度がでかくなりやがって」

史鳳に対しての責任がなくなったと思ったとたんに——と、戴星は毒づいた。それが、いいがかりだということは、百も承知の上である。自分の態度が孩子《こども》っぽいことも、いやというほどわかっている。

甘えているのだという、自覚はあった。

希仁に、史鳳に、そしてまだ遠目で見ただけの生母に。

もし、拒絶されたらどうしようという、かすかな恐怖もある。玉堂《ぎょくどう》がこの間、ちらりと口走ったではないか。母と名乗らず、逢わずに戴星を追いかえすつもりだったらしいと。

だが結局、戴星は希仁の背を追った。毒づいた余勢をかって、背に追いつくと、追い越した。

林の間は、妙にからんと明るかった。背後から何史鳳が少し距離をおいてついてくる気配までわかった。ちらりとふりむくと、さらにその後ろに崔秋先の姿が見えた。

足早に歩くと、足の下でかさかさと地面が音をたてた。その音に記憶をよびさまされて、戴星はふと足を止めて、手近な枝先を折りとった。

「どうか——？」

「以前、崔秋先に誘いこまれた庭園に、空気が似ていた」

あの時の庭には、さまざまな樹木がそれぞれに、季節を無視して花をつけていた。ただ、その中に桃の花だけはなかったように記憶している。あの庭はすべて、崔秋先の術によってそう見せかけられたまやかしで、本体は木も草も建物も、みんな陶器でできていた。

だから、この桃の内側にあるという邑も、実は崔秋先の術が作り出した幻ではないかと疑ったのだ。

「一応、本物に見えるな」

その枝の先が、気のせいか芽ぶいているように見えた。

「どう、しました」

「なんでも、ない」

枝を懐《ふところ》にかくすと、さらに先を急いだ。

林をぬけると、目の前に低い土壁があらわれる。左へまわりこんだところに、傾きかけた門が口をひらいており、それをくぐったところが前庭となっている。

建物の内部はおそらく、ひと間かふた間ほどで、農家というよりは瀟洒《しょうしゃ》な草廬《そうろ》といった方がふさわしいだろう。

その前庭の中央に、一本の木が生えていた。ひと抱えもある太い、よじれた幹に、四方に張り出した枝。花も葉もなく、枯れたとしか思えないその木も、桃だった。

その桃の下に立って、天をあおいでいる人影を、戴星はまず見とがめた。

「玉堂」

長身の漢は、視線だけをこちらへ向けると、口もとをわずかに動かしただけで不機嫌な表情を作ってみせた。

最後の記憶にある玉堂は、血だまりの中につっぷしていた。衣服は着がえたのだろうが、簡単に起き上がれるような怪我ではなかったはずだ。だが、それにしてもこの目の前の玉堂には、血の気配も、傷の跡もない。

「どうやら、悪運はまだ、尽きてないようだな」

戴星が声をかけると、

「おたがいさまだ」

ふん、と鼻であしらって、また、天を仰ぐ。いや、桃の枝を見ているのかもしれない。

そのあたりは、判然としなかった。

「玉堂どの、ご苦労でした」

と、希仁が後から門をくぐってくる。

「誰も、来なかった」

玉堂は、もうふりむきもせずに応《こた》える。

「——誰のことだ」

戴星が尋ねると、希仁は急に声をひそめて、

「雷太監《らいたいかん》たちの行方が、知れないんですよ」

「ここに、はいりこんでいるのはまちがいないのか」

「あの状況ですから。十中八、九。ですが——」

希仁は声をさらに落として、背後を気にするそぶりをみせた。

「崔秋先が、その件については何もいわないのが気になっているんですがね。宝春を李絳花に、すんなりと預けたという話も」

「好きにさせてやるがいいさ」

戴星は、覚悟を決めるように息を胸いっぱいに吸いこんだ。

「おまえたちが目さえ離さなければ、だいそれた真似はできないさ。そういえば、玉堂の怪我は、すっかりいいのか」

声を落として尋ねると、

「さあ。私が診《み》たわけではありませんから」

意外な返事がかえってきた。

「——おまえが母上と同時に手当する都合上、おれを放りだしたんじゃなかったのか」

「私は、李妃さまと史鳳姐さんのことで、手いっぱいでした。玉堂は、崔どのが診ていたようですが」

「なにか、しっくりと落ち着かないものを感じるんだがな。気のせいかな」

「なにか、他に不審な点でもありますか」

「おれは、ついさっき、ずいぶんと殊勝な話を聞かされたばかりだ。ただし、他人の言い分を鵜呑《うの》みにするほど、素直にできていない」

「それは、よく存じていますよ。私がそばについていましょうか？」

後半のせりふは、草廬の長窓《ちょうそう》を見ながらである。

「ひとりで行く」

怒ったように告げたのは、その声の中に微笑とともに、本心から彼の身を案じる響きを感じたからだった。

「あとから史鳳姐さんと崔の奴も来る。崔から目を離すな」

言うだけ言いおいて、二組の視線を背中に感じながら、戴星は長窓を静かに推《お》した。

音もなく、なめらかに長窓は開いた。人ひとりが入れるだけの隙間に、戴星はすばやく身をすべりこませる。後ろ手に閉める時だけ、かすかにちょうつがいがきしんだ。

草廬の内部は他に窓がなく、長窓の反対側にまで外光がとどいていない。やっとこぼれ入った光も、粗末な衝立《ついたて》にはばまれて、その隅にまではとどいていない。

衝立には、絵が描かれていた。壮麗な宮殿の絵だが、絵心のある作者ではないことは、稚拙《ちせつ》な筆づかいで知れた。長窓の側と、衝立のむこう側との光量の落差に、戴星はしばらくの間、物の形がはっきりととらえられずにいた。

足音はたてなかったはずだし、気配もできるだけ消した。それでも、片隅の薄い闇が緊張するのがすぐにわかった。

「希仁どのでしょうか」

糸のように細い声が、その隅からたちのぼった。まるで、香炉の中からたちのぼる、ひと筋の香煙のようだった。

「それとも、玉堂どのですか。史鳳どのは、どちらへ行かれましたの。他の方々はご無事なのでしょうか」

だれとも知れぬ者が入ってきたと悟《さと》りながら、おのれの身より、まだ他人の心配をしている。謙虚な人なのだと、まず戴星は感じた。人を疑うということを知らないのだろう。だから、あっさりと子供だましのような罠《わな》にはめられて、皇子をもうけながら、宮中を追われるような羽目になった。

この人がもう少し、小利口だったら——劉妃の単純な策謀に対抗できるだけの気骨があったら、それとも、せめて宮中の人々の半数を味方につけるべく、うまく立ち回っていたら、戴星も彼女自身も、もっと安穏な日々を送れていただろう。

(だが——)

と、戴星は思う。

この人がこれほど善良でなければ、宮女の寇氏《こうし》や陳琳《ちんりん》らが、命をかけてまで助けてくれただろうか。李妃を宮中から救いだしたのは、たしかに崔秋先の術かも知れないが、その後、ずっとかくまい面倒を見ていたのは、李絳花だ。

ようやく暗がりに慣れてきた両眼が、ほっそりと小柄な婦人の姿をとらえた。目の不自由な人は、感覚を音に頼るために、ともすれば顔をつきだし探るような姿勢をとりがちである。だが、彼女はひっそりとうつむき、静かに何かを待っている風情だった。

十七年前も、こんな風に運命を待っていたのだろうかと、戴星はふと感じた。目も開かぬ嬰児《あかご》の自分が、八大王《はちだいおう》の屋敷へと助け出されていることも知らず、あきらめきった澄んだ表情で榻《とう》に座っていたのだろうか。

生きていれば、三十六、七歳になると聞かされてきた。育ての母の狄妃《てきひ》もちょうどおない歳のはずだが、狄妃は小柄なせいもあって年齢よりも若く見える。そのためか、戴星の目には数歳は離れているように見えた。

漁師のように、洞庭湖《どうていこ》に浮かぶ舟の上で暮らしていたというが、痩《や》せた面は青白かった。苦労の跡は手にも、細く骨ばった肩のあたりにも現れている。

それでも、気品のようなものが残り香のように漂っているのが、とてつもない不思議のように思えた。

「どなたでいらっしゃいましょう。このような、落ちぶれた者に、なんの御用でございましょう」

相手の無言に、さすがに不安をおぼえたか、李妃の声が震えをおびる。それでも、声がとがるでなく卑屈になるでもない。

戴星は、ことばが出なかった。

見つけ出せたら告げようと考えてきたことばが、すべて役にたたないのに気づく。

ほんとうに、なんといえばいいのだろう。いきなり、名乗ればいいのか。それとも、まず母の無事を祝えばいいのか。はじめましてと挨拶するのも奇妙なら、再会できたというのも事実にはそぐわない。

「——母上」

結局、そのひとことしかなかった。

喉《のど》の奥から、かすれかける声を懸命にふりしぼって、それだけを告げた。同時に、その手を李妃の手に重ねる。その人の体温が、脈動が皮膚から伝わってくるのが、一瞬の間をおいてわかった。

十七年前、しっかりと全身で感じていたもののはずだった。

「母上」

今度は、もっとはっきりと発音できた。

「迎えに来ました。ともに、東京《とうけい》へおもどりいただけますか」

「――殿下、で、いらっしゃいますか」

李妃の声も、激しく動揺していた。

「受益《じゆえき》と名づけられました。名づけてくれたのは、八大王とその夫人。出生時の事情を教えてくれたのも、そのおふたりです」

「わたくしは」

「この場に及んで、否定などなさらないでいただきます。希仁には、お認めになられたはず。でなければ、あの漢が私を呼びにくるはずがない」

「希仁どのが――」

「ご苦難の数々は、察しています。でも、私のために、おっしゃっていただけませんか。私は、誰です」

李妃は、静かにうつむいた。

「もしも――もしも殿下が、わたくしが生みまいらせた御子であるならば、殿下はまさしく、今上《きんじょう》陛下の皇子でいらっしゃいます。でも――」

そのまま、音もなく首を横にふった。

「確かめる術がございませぬ。わたくしが李氏であると証《あか》しだてるものもございませぬ」

つらそうに、ひたすらに首をふりつづける。

「わたくしは、なにもお役にたてませぬ。それどころか、殿下の御身を危うくすることにもなりかねませぬ。どうか――」

「誤解しないでいただきたい」

戴星は、わざと激しい口吻でさえぎった。

「わたしが、今上の子かどうか、そんなことを問題にしているのではないのです。私は、無理に太子になどならなくてもよいし、その覚悟は、八大王さまも狄妃さまもご承知くださっているはず」

「でも、それは――」

「わたしが知りたいのは、ただ、父の名と母の名だけです。証拠の品などではありません。すでに、わたしは何年前の何日の夜にひきとられたと、八大王さまからうかがっています。八大王家へわたしを運んだ者の名もわかっているし、生母がだれかは、その者が証言してくれるでしょう」

最後のことばを耳にした時の、李妃の反応は劇的だった。青ざめた顔を突然、まっすぐにあげて、

「では、陳琳どのはご無事なのですか」

「いまだに健在だそうです。わたしは、直接には逢ったことがありませんが。ですが、宮女の寇氏をご存知ですか」

「あの人が、なにか」

胸さわぎをおさえるように、両手を固くにぎりしめる。青い貌から、さらに血の気がひいた。これ以上、心労をかけるにはしのびないが、事実は告げるべきだと戴星は考えた。惨《むご》い事実だが、いずれは、知らねばならないのだ。それは、戴星だけがせおうべき負債ではない。

「殺されました」

「そんな」

固く閉じた目から、一粒、大粒の涙がこぼれた。

「だから、わたしには寇氏の仇をとってやる義務もあるのです。答えてください。あなたは玉辰宮《ぎょくしんきゅう》李妃殿下であられるか、どうか。証拠などは必要ない。ただ、わたしはそのことばを信じます」

「そのとおりです」

このことばが荒れた唇をついて出るまでに、永遠の時間が経ったかと思えた。実際、どれだけの時がかかったのか、戴星にはわからなかった。もしかしたら、一瞬の何分の一ほどだったのかもしれない。

そのことばを告げるか告げぬかのうちに、まるで堰《せき》を切ったように、李妃の目からは涙があふれて止まらなくなった。

戴星は一瞬ためらったあと、左の袖口を手にからめると、李妃の頬に伸ばした。できるだけ静かに涙をぬぐった、その手に励まされるように、李妃は自分の手をあげて涙をぬぐった。

「東京へ、お帰りくださいますか」

戴星は、一語一語、歯の奥で嚙みしめるように確かめながら、はっきりと訊いた。

「それから先のことは、八大王家の義父と義母に相談します。きっと、ふたりとも力になってくださるはず。悪いようには計らいません。もしも、どうしてもこのまま静かに暮らしたいとおっしゃるなら、無理強いはいたしませんから、とにかく義父と義母に逢ってください」

戴星のことばに、李妃は今度はしずかに、はっきりとうなずいたのだった。

長窓が、なんの前ぶれもなく音をたてた。

「公子《こうし》、白公子。たいへん申しわけないのですが！」

希仁の声は、すぐにわかった。めずらしいことに、声が焦《あせ》っていることにも、戴星はすぐに気づいた。

「どうした」

さすがに、母子水いらずに遠慮してか、踏みこんでこようとはしない。

「すぐに、おでましください。漢臣《かんしん》が」

「なに」

宝春のようすを見にいったという狄《てき》漢臣が、ただもどってきただけなら、あの希仁がこれほど緊張するはずがない。

異変が起きた。

それも、よほどの事態だ。

「母上、ここで待っていてください」

戴星は念をおすと、すぐそこに希仁の長身があった。

長窓を押すと、すぐそこに希仁の長身があった。

「大変だよ、希仁さん——あ、公子、元気になったんだね」

ちょうど、漢臣が庭を横切って走りこんできたところだった。あいかわらず、しっかりと長い棍《こん》を肩の上にかついでいるのが、こんな場合だというのにおかしかった。

桃の木の下の玉堂を不審そうな目で、ちらりと見たようだが、なにもいわなかった。玉堂の方も、漢臣とはあまり逢ったことがないせいか、関心を示さない。

が、戴星までが、おやと感じたのは、漢臣のあとからひとりの少女が、息せききって現れたからだ。

『姐々《ちぇちぇ》はどこです？』

その声が、宝春のものではないことは、すぐにわかった。それでなくとも、宝春は李絳花のことを姉とはよばない。

「綏花か」

『姐々は。ここにはいないんですか』

庭にいるうちから、戴星にむかって、ほとんど泣かんばかりに訴えた。肩で息をしながら、胸のあたりを押さえたのは、癒えきっていない傷が痛んだのだろう。

「おれは知らない。希仁、おまえは」

「見ていませんよ。どうしたんです」

と、希仁は漢臣の肩をとらえて尋ねる。

『さがして。早く』

宝春が叫んだ。

史鳳が事情はわからないながらも、なだめようと腕にすがる。それを激しくふりきり、史鳳を突き飛ばして、なおも直進してきた。

李絳花さんが、いなくなっちゃったんだよ。それこそ煙みたいに」

漢臣は、息もつかずに訴えた。

「落ち着いて、くわしく話してください」

「くわしくもなにも、ないんだ。教えられた家を捜して、外から見張ってたんだよ。そしたら、急に宝春さんが飛びだしてきて、このありさまさ」

『姐々《ちぇちぇ》と話をしたんです。皆さんを、外にもどしてほしいって。宝春もふくめて、返してほしいって。そしたら、姐々が怒ってしまったんです。この邑に人がいなくなってしまったのは、あたしのせいだからその責任をとるべきだって。それに他の人は外へ出すとまた、人間どもが騒がしくここを捜しに来る。それぐらいなら、皆さんをここに閉じこめて、道も閉じるって』

「崔秋先の思惑とは、ちがうな」

『あたし、姐々を説得しようとしたんです。そしたら、水を汲《く》みにいくといって、出ていって、いつまでたっても帰ってこないんです』

「川へでもいったんじゃないか」

長い間、放置された邑に満足な井戸が残っている可能性は低い。近くに小川が流れている気配もないし、遠くまで水をさがしに行く必要があったかもしれない。

だが、宝春の姿をした綏花は、はげしく首を横にふった。

『うちの井戸は使えます。水はどこも、悪くなってないし。たしかめたんです』

半狂乱となって、戴星にくってかかる。

彼女の目には、李妃や史鳳はまったくはいっていない。はいっていたとしても、綏花にとっては意味のある人間たちではないだろうが、このようすは尋常ではない。

もうひとつ、尋常でないといえば。

「崔秋先はどこだ」

気づいたのは、戴星である。

いわれれば、たしかに庭にその姿はない。

希仁が、さすがにあっといって、

「さっきまで——長窓をたたくまでは、ここに」

それにはとりあわず、

「玉堂——！」

戴星は怒鳴った。

もっとも、彼を責めるのは酷というものだとわかっている。

たしかに、崔秋先を見張っているようにといわれはしたが、相手は左道の術の使い手である。崔秋先が消えるのを止める方法は、玉堂にはない。戴星もそれは承知で、呼んだのは責めるつもりではない。逆に、門を出ていこうとする彼を呼びとめたのだ。

「行くな」

「しかし」

「門を出るな」

叫ぶより早く、戴星はもう駆けだしている。玉堂が、ぶ厚い板戸に手をかけるのと、戴星がそれを手前に引くのとは同時だった。その上、戴星は閂《かんぬき》までかける。

「どうした」

「見ろ――」

と、ふりむいたところで、桃の木があきらかな異変を起こしていた。枝先が、風もないのに微妙に揺れている。よく目をこらせば、枝先が芽を持って、それがみるみるうちにふくらんでいくのだ。

いや、異変は桃の木だけではない。

それまで、晴れてはいなかったものの、薄曇りの明るさを保っていた空が、突然のように黒く変色しはじめたのだ。

「何故、突然?」

「綏花がもどったら、いずれ桃も咲く、邑ももとにもどるとあいつはいった。だが、こんなに急に咲くとは――」

『ちがいます、公子、それはちがう』

　ふたたび庭へ出てきた綏花が、桃の幹にすがりつきながら叫んだ。

『あたしじゃない。桃が枯れた原因は、姐々なんです』

「綏花さん」

　漢臣が困った顔をして、宝春の背後につったたった。戴星も近づいてみたものの、無理にひきはがす理由もなく、なんといってなだめればよいのかわからない。

『あの人が、何を知ってるんです。あたしを連れだした後、一度もここにはいっていない奴が、どうして桃が枯れた原因を知ってるというんです。あたしですら、こうやって帰ってくるまで、こんなことになっているとは思ってなかった。姐々があたしをさがしに来てくれていたなんて、思ってもみなかった。でも、姐々だってあたしと同様、外界に出れば、人とおなじ寿命しかないはず。それが、六百年もおなじ姿でいられたとしたら』

「桃の木か」

「木の寿命ですね」

　戴星と希仁が、ほぼ同時に口にした。

　宝春の姿をした綏花が、うなずく。

　たしかに樹木の生命は、人間の目から見れば不老不死にも等しい長寿だ。その樹木の生命を、自分のものとすることができれば。

『あたしを捜すために、そうしたんです。桃の命を借りたんです。さっき、姐々もそういいました』

「これは、事実上の不老不死ですよ」

崔秋先と綏花の話は、微妙にくいちがっている。姉の絳花と崔秋先の話も、くいちがっていたから、戴星たちも頭から信じてはいない。大筋で言い分は認めるにしても、細かな部分は保留つきで聞いていた。どうやら、それが正しかったようだ。

「これは、最初から考えなおした方がよさそうだな」

「最初からとは？」

「世の平穏を願って、綏花を連れ出したといったんだ、あいつは」

「そんなことが、できるんですか」

「できると思ったのかもしれない。だが、失敗した。したから、また帰ることをたくらんだ。今度は、どんな方法を考えついたかはわからない。同じ目的だという保証もない」

「たとえば、李絳花が借りて出た桃の生命を、おのれのものにしたい、ということですか」

ひどく冷静な希仁のことばが、戴星の気にさわった。

「ただ、あいつは不老不死なんぞ、無駄なことだと悟ったようなことをいっていたかな。

あれは、真実に聞こえた」

「崔秋先には不要でも、世の中にはそんなものを欲しがる手合いはいくらでもいますよ」

「そうか。まして、桃花源以外の場所での不老不死となれば、な」

「もっとも、李絳花は簡単には手放さないでしょう。崔秋先が干渉する前に、桃にもどしてしまえば、どうにもならない」

『おなじことです。桃花源に、ふたたび入れたんですもの』

「――どうやるんだ。桃の生命を借りるという方法は。阻止できるのか」

『あたしには、わかりません。わかるのは、姐々《ちぇちぇ》だけ。どちらにしても、姐々を説得しなければ、一生、外に出られません』

「それは、困ります」

あまり困っていないような顔つきで、希仁がいった。

「――でも、説得といったって、どこにいるかわからないんだろ？」

漢臣が困惑の表情で、首をかしげると、

『わかります。ここにいました』

あきらかに芽吹いている枝を見上げながら、宝春は、人に呼びかけるように声をはりあげた。

『姐々。あたしは、もう死んだのよ。この世のどこにもいないのよ』

『わかっています、そんなこと』

どこから声が降ってきたのだろう。絳花のものとおぼしい声は、戴星たちの耳の中で響いたように思えた。

『だけど、あなたはそうしてそこにいるじゃないの。ここで、その姿で暮らせない道理がない』

『これは、宝春の身体、宝春の魂。このあたしは、姐々の記憶にこだましているだけの存在。姐々にひとこと謝りたい、その一心が子孫の心の底に残っていただけのこと。こうやって逢えたのだもの、あたしはこれからだんだん薄れていって、今度こそ本当にどこにもいなくなるわ。ここにいるのは、宝春なのよ。だったら、宝春を、外の世界に返してやって』

『そう、それほどいうなら、あなたのことはあきらめてもいい。でも、あんなところへ宝春をもどせというの。つらい目ばかり見て、時には飢えるようなことまであっても、いいというの』

『それを、つらいと思うか楽しいと思うか、決めるのは宝春だわ。あたしでも姐々《ちぇちぇ》でもない』

これは姉妹の会話というより、母娘の会話だなと戴星は感じた。

戴星自身は、生母とは生き別れているし、養母は戴星にかぎらず子に執着するような人ではなかった。戴星の旅をまがりなりにも黙認してくれるようなおおらかな婦人だから、母親の執着といっても実感はない。

そういえば、実の両親が満足にそろっていたのは、希仁ぐらいで、漢臣にしろ宝春にしろ、他の皆も妙に親には縁のない育ち方をしている。

だからというのではないが、わが子かわいさのあまり、連綿と執着し、大人になっても口出しをする親もいるのは知っているが、それを是とはしにくかった。

李絳花は母親の心情というより、この桃花源の母体、桃の老木と一体化している。生命力を借りうけていたというなら、なおのこと。

一方、綏花はいみじくも崔秋先が形容したとおりの、桃の花のような存在である。

『姐々、桃花源がもとにもどっても、宝春は外へ出たがるわ』

『どうして』

納得できない、というういらだちが、声にこもっていた。

『こんな狭いところは、かわいそうよ』

綏花の声も懸命だ。

『宝春は、あたしとちがう。生まれてずっと、旅をして暮らしていたのよ。今さら、ひところに留まっていられない。あの子は花じゃない。鳥なのよ』

『何故。何故なのよ。ここで、静かに暮らせるのよ。宝春が望むなら、好いた人とだって

――』

『姐々《ちぇちぇ》！』

鋭い声でさえぎったのは、綏花の声だ。宝春のほほに、夭《わか》い桃の花のような紅《あか》が浮いた。

「絳花」

それから反射的に目をそむけて、戴星は桃の木にむかって声をかけた。

桃の枝が風に揺れる。どうやらこの庭の外は、もっと強い風が舞っているようだが、庭のうちだけはすこし、天候がずれているようだ。

風の切れ目をはかって、戴星はことばを継いだ。

「無駄だ。考えてみろ。一度、散ってしまった桃の花が、枝にもどるか」

一瞬。

庭の空気が、凍りついたかと思った。それほど、空気が緊張し、そしてどこからか冷たい一陣の風が、さっと吹きこんできた。

その風のあまりの冷たさ、鋭さに、その場の全員が思わず顔をそむけた、その一瞬。

「宝春さん、さがって！」

突然、声をはりあげたのは、漢臣。声よりも早く、宝春の手首をとらえて自分の背中の方へひっぱった。

その場の他の者たちは、何が起きたのかとっさにはわからない。ただ、戴星は反射的に漢臣の前に立った。

希仁の反応が、ふたりよりかなり遅れたのは当然のことだ。それでも、とっさに長窓に手をかけて閉じた。外部から何が来たとしても、内にいる李妃を守ろうという構えである。

長窓を閉めて、庭をふりかえった希仁が見たものは、意外というべきかやはりというべきか、刀を手にして立つ玉堂だった。

どこにそんなものを隠しもっていたのか、記憶がない。だが、史鳳がその腕にとらえられて、声も出せないでいるのは事実だった。

「玉堂」

「畜生、改心したのかと思ってたのにさ」

漢臣が毒づいた。

「なんとでもいえ」

玉堂はせせら笑う。

「こちらの条件は、ただひとつだ。容華鼎を渡せ」

「容華鼎？」

玉堂がそんなことをいいだしたのは、はじめてだった。おどろくというより、戴星も漢臣も、一同、とまどったという方が近い。

「莫迦《ばか》をぬかせ」

一番立ち直りが早かったのは、漢臣である。

「おいらたちにそんなことといわれたって、どこにあるんだかも知らないのにさ」

これだけは何があっても手放さない棍を、ぴたりと構えて漢臣が叫びかえした。

「最後に見たのは、桃の木の根本で香を焚いた時です。ならば、まだあそこにあるんじゃありませんか。李絳花か崔秋先にでも訊かなければ、わかりませんよ」

と、希仁がゆっくりとした口調で説得にかかる。

「それなら、李絳花に訊け。その小娘を締めあげれば、すぐに答えるだろう」

「そんなことが、できるかい」

と、漢臣が憤慨《ふんがい》する。

「公子、こいつはおいらがやっつける。史鳳さんもおいらが助けるから、公子は宝春さんを守って──」

意気ごんで告げる声が、ぴたりと途切れた。

「なんだよ、公子。どうしたんだよ」

こんな時、まっ先に裏切りを責めるのは戴星だろうと思っていた。一番長い間、玉堂と旅をしてきて、意気投合しているように見えただけに、裏切られたという思いは一同のうちで一番つよいだろうと、漠然と思いこんでいた。だが、戴星は腕組みまでして、じっと玉堂をながめているばかりだ。

「どうしたんだよ、早く史鳳さんを助けなけりゃ」

「──おい、無名《ななし》」

奇妙に明るい声で、戴星が呼んだのだ。桃の枝が揺れた。

「なんだと？」

「名前を知らないから、無名だ。おまえ、玉堂じゃないだろう。姿かたちは、そう見せかけてあるが、正体は雷允恭《らいいんぎょう》の腰巾着《こしぎんちゃく》だ。人質をとって脅すしか手がないとは、芸のない奴だ」

「だって、公子──」

「おれと宝春は、以前、崔秋先に妙な庭にさそいこまれた。一見、見事な園林だったがな、実態は陶器でこしらえた偽物を、それらしくみせかけてあった。その左道が、人間に応用できない道理がなかろう」

「じゃあ、あれは」

漢臣が何度か目をこする。何度こすっても、玉堂にしか見えないし、相手もおいそれとは認めない。

「おれが、殷《いん》玉堂でないという証拠は」

「血の匂いがしない」

戴星が、即答した。

玉堂の姿をした漢がせせら笑ったのは、なにを莫迦なという意味だろう。

「あたりまえだろう。怪我はとっくに治っている。ここはそういうところだ。この妓女の貌がいい証拠だ」

「ところが、あたりまえじゃないんだ。宝春――いや、まだ綏花さんか、傷の具合は？」

『まだ、すこし』

「そういうわけだ。おれの手も、完全に癒えたわけじゃない。なのに、おれより重傷だったはずのおまえだけが、なぜ、平然としている。たしかに史鳳姐さんの顔は治ったが、それは崔秋先の術で汚れたものだ。なら、奴の術で治せるのがあたりまえじゃないか」

史鳳の顔色が変わるのが、距離をおいてもはっきりとわかった。真っ赤に上気した顔を見られるまいと、懸命にそむけようとするのが気の毒だった。

「では、ひきあいに出されたわたしは、いったいなんだったんです」

と、こんな場合だというのに、希仁が抗議を申したてた。

「おれに訊くなよ。文句があるなら、崔秋先にいえ。奴のいうとおり、桃花源でなんでも癒せるなら、なんで母の目は治らない。え、玉堂のふりをした無名《ななし》？」

「おれの知ったことじゃない」

「ふたつめの証拠は、玉堂が容華鼎を手にいれて、何の得になるかという点」

戴星は知らぬ顔をして、証拠を数えあげる。

「ここから出るためだ」

「なら、崔秋先か李絳花に直接頼む方が確実だ」

「その、どちらもいない」

「李絳花は、ここにいるさ」

と、桃の幹をかるくたたく。

「それに、ついさっきまで崔秋先がいただろう。それに、何故頼まなかった。第三の理由は」

たたみかけるようにいい放っておいて、戴星は、ひと息いれた。そして、気をもたせるように、ふいと頭上を見あげたのである。

桃の老木の枝が、わずかだがたわんだように思えた。実際には、たわんだわけではない。ふっくらとした蕾《つぼみ》がついたのだ。

きっかけさえあれば、一斉に開花する。そんな風情をふくみながら、枝々が揺れていた。

空はますます暗くなる。

それでいて、桃の木はそこだけ光があたったように白く内部から輝くようだった。

戴星の仕草に、漢臣が素直につられた。希仁も、それにならった。

『姐々《ちぇちぇ》』

と、宝春が綏花の声で泣きそうにつぶやいた。

玉堂の姿をした男が、ふとやわらいだその空気に油断したのかもしれない。それとも、花の下で不意に濃くなった香に、まどわされたのかもしれない。

真実は本人だけしかわからない。ただ、一瞬の隙が生まれたことだけは確かであり、そのわずかな機会を絶対に逃さない漢がいたことも、たしかな事実だった。

「白戴星」

と、呼ぶ声。

物が風を切る音。

それに、

「本物の玉堂は、そこにいるからだ」

宣告する声とが、ぴったりと重なった。

長い、白い物がまっすぐ、宙を飛んだ。棍に見えたそれは、戴星の手の中におさまるとたやすく折れ曲がり、三本の棒状になった。

そして――。

草廬の低いわら屋根の上にうずくまっていた人影が、すべるようにこの場に舞い降りてきたのだった。

ただし、低い屋根先から草むらの上へと着地した瞬間、激痛に顔をゆがめて肩先からくずれ落ちた。

　実は、先の玉堂を偽《にせ》と判断したのには、まだ理由があった。わざわざ、戴星を別の家に運んでおきながら、玉堂の怪我を希仁に手当させなかったこと。腕のたつ漢臣と戴星を別にしておいて、李妃と史鳳の女ふたりと、腕の方はいまひとつの希仁を一緒にしておいて、監視をつけたと考えれば、話はとおる。

　また、いくら中身は綏花だとはいえ、さっき宝春が脇をすりぬけた時に、顔色ひとつ変えなかったこと。いくら、借りは返したとはいっても、それなりに宝春に対してはわだかまりがあるはずだ。すくなくとも、無表情で通せるほど、殷玉堂という男は冷酷に徹し切れないところがあると、戴星は知っていた。

　本来は、ああ見えても激情家なのだ。

「無理するな、玉堂！」

　叫びながら、戴星は三節棍《さんせつこん》の一端をしっかりとにぎるや、

「姐さん。動くなよ」

　力まかせにふりまわしたのだ。

　偽玉堂は、事の展開の早さについていけなかった。

　ひとりに対してなら、十分に対応できる技量の持ち主だったが、相手は三人。

　そのうちのひとりは、さすがの彼も苦手とする狄漢臣。ひとりは得体はよく知れていないものの、つい先刻、身を挺して宝春を奪回していった漢。そしてひとりは、行動の予測

がつかない戴星である。

ことに、背中に宝春をかばう漢臣に気をとられ、玉堂の出方をうかがっていては、戴星の無謀とも思える動きと速度に気づくのは、ひと呼吸もふた呼吸も遅れる。

戴星の三節棍は、直接、男の身体ではなく、男の顔のあたりをかするように旋回した。思わず顔をのけぞらせるところに、もう一度、今度は逆方向から三節棍がもどってくる。それが、急角度に屈折すると、男の手を下からはねあげた。

その痛さを、男は歯をくいしばって耐えた。刀は手にしっかりとにぎったままで、戴星の狙いはあてがはずれたように見えたが、史鳳を捕らえていた腕の方がゆるむ。

それを、もう手元まで飛びこんできていた戴星が、ひきはがすようにつかまえると、乱暴に背後へ放りだした。

悲鳴がこぼれだしたのは、史鳳の口からだが、怪我をしたのは戴星である。

「公子！」

「大事ない！」

頰をかすった傷が、一本の紅い線となってうきあがる。

「公子、さがって」

漢臣が風のようにおどりこんできて、棍の端で戴星の腹を突いた。戴星もさからわない。倒れこんだままだった史鳳をつかんで起こすと、引きずるように草廬の方へ走った。

走りながら、

「宝春！　いや、綏花か。ええい、どっちでもいい。来い！」

まだ、桃の木にすがりついている宝春の腕をとる。

『だって、姐々《ちぇちぇ》が』

「来ないと、嵐にまきこまれるぞ」

桃の枝は、その先端から花を徐々に咲かせはじめていた。白い花は、まるで迫りくる闇に対抗するように、輝きを増していく。

その枝を吹きちぎるように、風が吹く。枝がたわむ。花片《はなびら》が一片、二片と舞いはじめる。

史鳳に、先に行くよう手で指示をする。玉堂を助け起こした希仁が、史鳳の差しのべた手もとって、草廬の軒下へ駆けこんだ。

史鳳に玉堂の肩をあずけ、長窓をできるだけゆっくりと開いたのは、内にひとり、取り残されている李妃への配慮である。

「妃殿下——」

「希仁どのですか」

耳のよい李妃は、ひとことで聞き分けた。

「何事ですか。皆さま、ご無事でしょうか。なにやら、暗くなってきたようですけれど」

「ご心配なきよう、すこし、天候に支障があるようすで——」

と、いいかけて、希仁は、はっとする。

「おわかりになるのですか」

光を感じることができるのかと、問うたのだ。その回答は、ことばよりももっと明確なかたちで、示された。

なんの前触れもなく、天に稲妻がはしったのだ。遠雷らしく、雷鳴はまだ届かない。光だけが、狭い草廬の中を青白く照らしだした瞬間、李妃は反射的に身をすくめたのだ。

「おわかりに、なるのですね」

念を押すことばは、生木を裂くような雷鳴にかき消されたが、間違いはなかった。すくなくとも、光は感じることができるのだ。

「公子、白公子！」

強風に吹き消されそうになりながら、希仁は叫んだ。声は届いたようだが、戴星はちらりと見ただけで、その場を動こうとはしなかった。

宝春が、なかなか桃の幹から手をはなさないのだ。

その間にも、天は夜のように暗くなる。

「宝春、走れ！」

ようやく、指を起こすようにして宝春を引き剝《ひは》がすと、背中を突き飛ばした。宝春もあきらめたか、強風には耐えられなくなったか、よろよろと走りだす。

風の中に混じる花片の数が、次第に増えていくのがわかった。漢臣と男の姿が、白く光る花吹雪の間を、見え隠れしていた。

戴星が宝春に手間どっている間にも、ふたりは激しくわたりあっていたのだ。

「漢臣」

三節棍をとりなおしながら、戴星は声をかけた。せいいっぱい声をはりあげないと、届くような状態ではなかった。

その上、漢臣は力まかせに、棍をふりかざし、ふりまわしている。まだ幼さを残す漢臣の形相が、これまで見たことのないものに変わっていた。

状況を見て、戴星は漢臣の手元に飛びこんだ。彼の両手も武器でふさがっているため、肩で漢臣の肩を押さえ、きっぱりとした口調で命じた。

「早くしろ！　雷が近くなる」

ふたりの肩が離れたのは、男の刀がちょうどそのあたりで風を斬ったからだ。

「わかった」

雨こそ落ちてこないが、この風はもはや、戴星のやせ我慢でも耐えられる状態ではない。声をかぎりに怒鳴ってから、顔にふきつける花吹雪をふりはらう。はらってから、ふと気がついた。

花吹雪は漢臣の周辺に薄く、男の身辺に激しく、まるで視界を邪魔するように舞っている。

戴星は、天を仰いだ。

「どっちが、どっちの味方なんだ」

この天変はすべて、李絳花の仕業だと一方的に思いこんでいた。だが、かならずしもそうではなさそうだ。

天の一角に稲妻が走った。

雷鳴は、すぐに耳に届いた。

音や光でおどろくようなふたりではないが、雷の近さが気になったのは、偽玉堂の方だ。漢臣の得物《えもの》は棍だが、男の武器は金属製の刀なのだ。

焦りが出たのだろうか。無理な態勢から漢臣に斬りつけた男は、そのまたたらを踏んだ。足もとの何につまずいたのか、がくりと片膝をつく。その頭上にふりかざされた棍は、しかし、戴星の三節棍によってがちりとくいとめられた。

「殺すな」

漢臣が目を見張って、

「だって、公子。もう、許しちゃおけないよ」

抗議した。

「雷允恭の行方を吐かせなきゃならない」

「どうせ、逃げられやしないよ。後でさがせばいい」

「ここで——桃花源で人を殺したくない」

「そんなもの」

漢臣は首を激しく横にふった。

「こいつのせいで、何人傷ついた。この先、何人殺すと思う。ここがどこだって、いい。殺せる時に殺しておかないと、後悔するよ」

「かばっているんじゃない。ただ、きちんと裁いて、罪をつぐなわせたいだけだ。こいつは、自分がどんな罪を犯したかわかってない」

動けないように、戴星は男の肩を脚でしっかりと踏みつけている。どこで、術が解けたのか、すでに男は本来の容姿にもどっていた。

「罪なんて、明白じゃないか。なにを今さら」

「いや、こいつは主の命令なら、何をやってもかまわないと思っている。主が替われば、正反対の命令に従うのが当然だと思っている。たしかに、主が替わるのは、こいつの恣意《しい》ではないかもしれない。だが、主の命令にただ黙って従うのが正しいことなのか、考えてみろ。人倫にもとるかどうか、おのれで判断せず主に責任をかぶせて知らぬ顔をするのが、臣下のやり方か」

稲妻が、また光った。

今度は、ちょうど頭上、桃の木の真上で光がはじけた。まるで、剣の火花のようだと戴星は感じた。

「こりゃ、あぶないよ。公子、とにかく、屋根のあるところへ——」

といっても、男をいましめておくものがない。漢臣が胸の長い数珠《じゅず》をはずし、二、三発、ついでに殴ってから、背中に回した男の手首にまきつけた。端をがっちりと押さえて、引き立てる。

そこでようやく、草廬の戸口で、希仁がこちらにむかって叫んでいることに気づいた。

「どうした、希仁」

尋ねようとした声は、突如起こった轟音《ごうおん》にかき消された。光と衝撃が、戴星たちの身体を吹き飛ばした。

何が起きたか、誰も把握できなかったにちがいない。戴星も一瞬、息が詰まった。はじきとばされて、したたかに背中と肩を地面に打ちつけた。痛みをこらえて上げた目に映ったものは、小さな炎を上げる桃の木だった。

「——李絳花！」

『姐々《ちぇちぇ》——！』

宝春の唇から、この世の物とも思えないような絶叫が聞こえた。

桃の幹が大きく裂けて、黒く焦げていた。その根本に、宝春が人の形を抱いて伏せていた。

『姐々、姐々！』

彼女の腕の中に、李絳花の白い貌があおのいた。

「綏花――」

傷だらけの手を、宝春の頬にさしのべるところを見れば、致命傷をうけているわけではない。

「漢臣。無事か」

問うた答えは、

「だいじょうぶだよ」

すぐ隣から聞こえた。

一方、捕らえていた男は、正反対の側の、門のあたりにまで、やはりふっとばされている。そして、

「お騒ぎになりませぬよう」

この場にそぐわない、人をくった声が響いた。

落雷の影響だろうか、閉じていた門扉がけし飛び、門の四角い空間には――。

「崔秋先。あちらこちらに味方づらして、忙しいことだな」

たしかに、崔秋先の姿だったが、さっきまでの壮年の男ではない。以前どおり、見慣れ

た蟾蜍《ひき》のような老人の姿だったから、戴星も迷うことはなかった。

崔秋先は、蟾蜍の顔つきで悪びれることもなく、にやりと笑ってみせた。

「いろいろと、義理も約束もござりまする。した約束だけは、守りませぬとな。綏花どの、容華鼎を出してもらえぬか」

『いやです』

きっぱりと、宝春は拒絶する。その口調が、宝春のものと重なっているのを、戴星は聞いた。

『姐々《ちぇちぇ》を、こんな目にあわせておいて――』

「それは、お互いさまじゃ。儂とて、力を使いはたしてこの姿。正々堂々と争ったあげくの結末じゃ。絳花どのにも、文句はないはず。容華鼎を出しておくれでないか。綏花どの。それを、お渡しせねばならぬお人がおるでな」

宝春の大きな目が、悔しさに細められた。

「渡しておくれ。脅したくはないが、絳花のみならず、他の者にまで害を及ぼしとうなかったらの」

選択の余地が、他になかったのだろう。彼女の手の上に、緑色の玉の塊が現れるまでに、たいした時間はかからなかった。

「やはり、絳花はそなたにそれを持たせておったか。さ、こちらへよこすがよい」

宝春は、力まかせに緑の玉石を投げつけた。狙いがそれて、なにかにぶつかって砕ければいい――そんな投げ方だったが、崔秋先はこともなげに受け取ると、それをいとも無造作に、おのれの脇へぽんと放ったのである。

「それ、お約束のものでござりまするぞ」

腹がたつぐらい尊大な態度だった。

だが、

「手にはいった、やっと手にはいった」

狂喜乱舞しながら、門の陰からまろび出たのは、

「雷允恭！」

その巨体だった。

脚の治療のあとは、まだ治りきっていないはずだが、夢中になって痛みを忘れたようだ。

「これで、娘子《じょうし》に対しても申しわけがたつ。儂の念願もこれでかなう」

手の舞、脚の踏む所を知らずというありさま、戴星たちの存在も忘れたまま、小さな香炉を手にかざして、つぶやきつづける。

「太監、お身体に障ります」

例の男が、雷允恭のそばに這いよってなだめたが、いっこうに聞きいれる気配はない。

その背中を、

「約定《やくじょう》どおりじゃ。持ってお行きなされませ。ただし、どう使うかは御身さま次第。せいぜい、ご注意なされませ」

崔秋先が謎のようなことばを告げると、軽く押したのだった。

香炉が大きくなったのか、それとも雷允恭の身体が小さくなったのか、それとも、その両方であったのか。

一陣の風が巻き起こったかと思うと、雷允恭の姿がふらふらと薄れ、ゆがみ、香炉の口にまるで煙のように吸いこまれて見えなくなったのだ。

「太監！」

とっさに叫んで、男が雷允恭の衣服の裾を捕まえる。が、つかんだその手からゆらゆらと輪郭がゆらぎはじめ、つづいてするりと見えなくなった。

ごう——、

と、風の音が鳴った。

土埃と灰が舞い上がった。

風は、香炉の小さな口へむかって流れていた。それを見た上で、

「儂の仕事は、これで終わった。二度とお目にかかることはありますまい。白公子、殿下——いや、陛下。よい帝《みかど》におなりくだされ」

いいたいことだけいってしまうと、老人はひょいとその手を、香炉の口にかざした。

先の二例とおなじことが、再現される。

「崔秋先！」

黙礼が、しずかに返った。

老人の姿が完全に消え去るのと同時に、香炉自体の形もまた、変形した。収縮した――というより、まるでそれ自体の口に、くるくると自身を巻きこんで小さくなっていき、やがて点のようになる。

「まずい！」

戴星と漢臣が駆けよった時には、人の目では判別できなくなっていた。

「――どうなってるんだよ」

漢臣が、あわててその周辺の土をかき集めたが、無駄なことはわかっていた。

しかも、香炉はなくなったが風は熄《や》まない。

「公子、変だよ。暗くなる。空が狭くなってるような気がする」

漢臣に指摘されるまでもなく、戴星も気づいていた。

天は落雷の直後、一時、明るさをとりもどしかけていた。それが、ふたたび暗さを増しはじめた。同時に、黒い雲が目に見えて低く下がってくる。雲の範囲が、狭くなる。いや、周囲に見えていた山が迫ってくる。この桃花源の邑とやらが、どこからどこまでの範囲に広がっているのか、限界があるのかどうか知らないが、明らかに収縮しているのだ。

だが、そう気づいたところで、何故なのかわかるわけでもなく、止められるわけでもない。これから先、どうなるのかさえ、わからない。

「公子！　漢臣！　とにかく、こちらへ――」

希仁が呼んでくれなかったら、戴星は立っている土地が微塵《みじん》に消え去るまで、その場に突っ立っていただろう。

身体が動くことで、思考力も次第にもどってくる。漢臣も、戴星のあとに続く。

草廬の戸口へ戴星たちがたどりついた時には、背後は夜のような闇に閉ざされはじめていた。草廬の内部だけが、ぼんやりと蠟燭《ろうそく》でも点《とも》したように明るかった。

李絳花が、先に希仁と史鳳の手を借りて、内部に運びこまれていた。宝春が、その手にすがりついている。

「怪我は」

と尋ねた戴星に、希仁はむずかしそうな顔を作って見せた。

「私には、わかりません」

「どういうことだ」

「外傷は、すべて浅いものです。ですが、身体が異常に衰弱《すいじゃく》していて、手のほどこしようがありません。まるで――」

いいさして、希仁は口をとざしてしまった。戴星も、それ以上は追及しなかった。経緯を考え合わせていけば、見当は容易についたからだ。老衰《ろうすい》を癒《いや》す方法は、希仁にはない。

「この状況はどういうことだ――と、尋ねても、同じ答えが返ってきそうだな」

「ご明察です」

「これから、どうなるんだ、と訊いても無駄か」

戴星は、ゆっくりと草廬の内部を見回した。狭い一間に集まったのは、男女四人ずつの計八人。その顔をひとつひとつ確認する。

榻《とう》に腰かけた李妃に、史鳳がつきそっている。隅の土間に、玉堂が脚を組んで座りこんでいる。青い顔をしてはいるが、壁にもたれかかりもせずまっすぐ上体を起こしているところを見ると、おそらく自力で動けるだろう。あとは、李絳花と宝春。自分の両脇に、漢臣と希仁。

怪我をしているのが四人、無事なのが四人。とはいえ、力があるのは漢臣ひとり。一番の重傷らしい李絳花を漢臣が運ぶとして、希仁に史鳳を守らせる。

戴星と玉堂で、李妃と宝春を助ける。

それで、なんとか逃げられるかもしれない。

だが、どこへ？

「李絳花と話はできるか」

希仁に尋ねたのだが、その前に細い声が応えた。

「公子」

「絳花、無理なら、しなくていい」

容貌が以前のままなのに、ほっとしながら、戴星は声をかけた。

「もう、いいんです。あいつと、取り引きしたんです。約束は、守らなけりゃね」

「取り引き?」

「あたしが勝ったら、皆を返さない。あいつが勝ったら、あいつの好きにする」

術を競いあったのか、それとも直接、武器で斬り結んだのかはわからない。だが、あの嵐はおそらく、ふたりの争いを象徴し反映したものだったのだろう。そして、李絳花が敗れた。

『姐々《ちぇちぇ》』

宝春が、絳花の息づかいを気にして制止しようとしたが、絳花はその手をふり払うようにして、なおもことばを続けた。

「あいつときたら、この前、ここに入りこんだ時より力をつけてて、あたしの手には負えなかった。あたしの負けです。だから、桃花源はそっくり、あいつのもの」

「容華鼎の中に、吸いこまれているように見えたが、見間違いか?」

縮地の法の応用で、この邑全体を小さくして、なにかの中に閉じこめてしまおうとしているのではないか。そう、戴星は思いあたったのだ。

「いえ、当たらずとも遠からず、です。このままだと、皆さんも、ここに閉じこめられた、まま、吸いこまれ、どこかに閉じこめられることに——」

「——どうすれば、止められる」

「止められません。でも」

「でも？」

「皆さんを、外に出す、よう、いいだしたのは、あいつの方。だと、したら、どこかに、あいつが出口を、こしらえている、はず」

「はず、か」

戴星は苦笑した。

「それなら、きちんと教えていっているだろう。あいつに、その気なんぞあるものか」

「おことばですが」

とは、だまって聞いていた希仁の声だ。

「ただ、手をつかねているのも、芸がありません。さがすだけはさがしてみませんか」

漢臣が口をとがらせて、

「そんなことをいったって、なにをさがすのさ」

「——壺か、器《うつわ》の口」

応えた声は、女のものだった。それも、少女の細い、銀の鈴を振るような。

「宝春！」

「白公子、思い出してみて。東京で、迷いこんだ場所」

「そうだ。壺、器、節穴《ふしあな》でもいいから、小石かなにか、手当たり次第に放りこんでみろ」

いいながら、戴星は率先して動きはじめた。希仁、漢臣、それに不審そうな表情をしながらも玉堂が加わって、奇妙な探索がはじまった。

閉めきった長窓の外で、風の音が高くなった。外の闇がいっそう、深くなる。

たいして広くない室内に調度品も数はなく、またたく間に調べ尽くされてしまったが、これといった反応はない。

「あるはずだ。なにか見落としているはずだ」

戴星は、拳《こぶし》にした手を噛みながらつぶやく。

「もう一度、しらみつぶしに捜せ。宝春、あの時のこと、もう一度よく、思いだして――」

「衝立」

「なに？」

「衝立ですわ、公子」

立ち上がったのは、史鳳である。

「あの翌朝、あたしの家までもどってらして、お話ししてくださったじゃありませんか。衝立の絵の中に、ひっぱりこまれたんだって」

いいながら、片隅の衝立を指さす。例の、稚拙な宮殿の絵が描いてある、ちいさなものである。

「そういえば、あいつが、絵の中から現れたこともあったが」

「しかし」

とは、玉堂。

彼がゆっくりと歩みよって、手を伸ばしたが、指先は衝立の画面でぴたりと止まった。

「――そんなことだろうと思った」

自分から試しておきながら、玉堂は自嘲《じちょう》気味に笑った。

「ちがう。あの時、最初に触れたのは、白公子だったわ」

完全に宝春の声で、彼女が告げる。

「公子、試してみてください」

「それは、いいが――」

戴星が何故かためらっている間に、屋根のあたりがみしりと鳴った。

「どうやら、あまり時はないようです。公子――いえ、殿下」

希仁が戴星の前に立った。

「なにを、ためらっておいでです」

皆を救えるかもしれないのは、戴星ひとり。今までの戴星ならば、催促される前に行動していただろう。戴星があげた眼の中には、重い色彩が宿っていた。

「もし、崔秋先の術で通りぬけられたとしたら、その行き先は、おれがこれから行くべき場所ということになる。どういうことになるか、見当はつくな?」

「ええ」

まだ、大きなひと仕事、残っているのだ。

「おまえや漢臣は、どうせついて来るんだからいい。母上はおれがお連れする。だが、他の者を、おれの都合に巻きこむわけにはいかない」

開封での時も、六和塔《りくわとう》から飛びこんだ時も、ともにいた人間をそれぞれ、巻きこんでいる。戴星が道を開くのはいいが、その先がどんな場所であっても、一蓮托生ということになってしまう。

「あたしなら、かまいません」

史鳳が不安気な顔ながら、口をはさんだ。

「詳しいことは、存じませんし、あの、もし、お邪魔になるのでなければ、よろしかったら、のことですけれど」

「おれも、かまわんが」

うっそりと、玉堂の声がたちのぼる。

「どうせ、東京にもどるのだろう。そこから先、おれは勝手にやらせてもらうから、いっこうにかまわん」

玉堂には玉堂の、始末をつけるべき事情が待っているのだ。これは、これでいいとして――。

「宝春」

「あたしは――」

『あたしのことなら、気にしないで』

宝春がためらう隙に、絳花の声が重なった。ひとつの口から、ふた色の声がなんの違和感もなく流れだした。

『あたしは、もうどこにもいないはずなのだから。姐々《ちぇちぇ》、そうでしょう？』

「お行きなさい」

手をにぎりしめる宝春にむかって、絳花はささやきかけた。

「だって、絳花さん――」

「あたしは、行かない。もう、この邑から離れるわけにはいかない。離れたら――」

それ以上は、口にしなかった。

戴星の脳裏には、宝春の祖父の死に際の姿がうかんでいた。老人から壮年、青年と次第に若返っていき、花の香とともに消え失せてしまった。李絳花は、すでに人界での寿命が尽きている。外へ出たら、多分、同じことになるのだろう。

「でも、桃花源はなくなってしまうんでしょう」

「なくなりは、しないでしょう。崔秋先の術で、どこかへ——どこかの壺の中にでも、封じこめ、られるのでは、ないかしら」

「だったら、あたしも残ります。あなたひとり、残しておくわけには」

「悪かったわ。散った花は、二度と枝へはもどらない。まして、他で種から成長して咲いた花なら、なおのことだった。行きなさい」

「絳花さん」

屋根のあたりから、はらはらと細かな木片が落ちてくるのに気づいて、戴星は決断した。

「わかった。時間がない、行くぞ、宝春」

漢臣が、李妃を軽々と抱きあげた。そのかたわらに、史鳳がしっかりと添う。

家の梁《はり》が、めりめりと音をたてた。

「宝春！」

「面倒だ」

玉堂が、宝春の腕をとって引きたてた。その容赦のなさは、宝春が悲鳴をあげたほどだったが、今度ばかりは戴星も文句をいわなかった。

衝立に伸ばした手が、画面に触れた。

それが水面かなにかに触れるように、やすやすと突きぬけていく。その先から引き寄せる力があるのを、戴星は感じていた。

運命、というものに力があるとすれば、これがそうなのだろう。逆らうのをやめたわけではない。ただ、どうしても避けて通れないことも、果たすべき責任も、人の一生のうちにはあるのだろう。

責任を果たしにもどるのだと、戴星は思った。

目の前が白濁するのを感じたが、恐怖は感じなかった。

「殿下！」

希仁の声とともに、落下感と浮遊感が同時に襲ってきたことだけを、戴星はおぼえていた。

第五章　両妃《りょうひ》折獄《せつごく》　（折獄＝裁判）

五感が身体にもどった時、最初に戴星《たいせい》が感じたのはおもしろいことに、嗅覚《きゅうかく》だった。家にも人にも、独特の匂いがあるものだが、戴星がまず感じたのは、幼い頃から嗅ぎ慣れている沈香《じんこう》の香りだった。

狄妃《てきひ》が好んで身辺に焚《た》きこめている、いってみれば戴星にとっては、母親の香りだった。当然、彼が育った八大王《はちだいおう》家の邸宅にも、その香りはいつのまにか、壁にも柱にも、ちょっとした調度品にさえ沁《し》みとおっていた。

いや、ここは。

「帰ってきた」

彼が育った家の正庁《せいちょう》——正客を迎える広間だった。正面に掲げられた額の題字にも、どっしりとした紫檀《したん》の調度品にも、ほのかな灯りを点す常夜灯にさえ、見おぼえがある。

夜だとは、その灯りを見てようやく気づいた。灯りのようすから推定して、初更（午後九時）ごろか。

しっとりとした空気が、戴星の身体をつつみこんだ。

「八大王家ですか、こちらが」

希仁《きじん》の声にふりむくと、希仁がまだ尻もちをついたかっこうで、周囲を見回していた。ふつうの人間がやるとぶざまな姿だが、こう落ち着きはらっていられると、笑う隙がないどころか、威厳さえ感じられる。口にはださなかったが、戴星は内心で舌を巻いていた。

「何故、そうとわかる」

そう、問うと、

「顔に書いてありますよ」

「嘘をつけ」

「でも、本当だよ」

漢臣《かんしん》が、にこにこと笑いながらかたわらに立っていた。少し離れて、ほっそりとした婦人の姿がふたつ。さらに離れて、人影がふたつ――。

全員の数だけはざっと確認したが、それ以上、息をつく余裕は、まだ戴星には与えられなかった。

「――賊！」

絶叫が、邸内の奥に響くのを彼らは聞いたのである。

一瞬、自分たちのことかと思った。

誤解なら、戴星の顔を見せればすぐに解ける。そう判断して、戴星が奥へ入ろうとした時、逆に隣の副房から人が転がり出てきた。その顔が朱《あけ》に染まっているのが、薄明かりの中でもはっきりと見えた。

「――老曹《ろうそう》！」

屋敷に仕える者のひとりだった。

「老曹」

戴星が抱きあげるより先に、彼を追うように、二、三人の人影がばらばらと黒い輪郭を現した。

無人と思っていた正庁に戴星たちの姿を見て、ぎょっとなったが、その素姓を知っていたわけではあるまい。誰何《すいか》もせず、いきなり刀をふりまわしてきた。

戴星に、油断はない。

軽く身をひるがえすと、先頭の奴のむこう脛《ずね》を思いきり蹴り飛ばした。たたらを踏む奴の背中に、漢臣の拳《こぶし》が振りおろされる。得手ではないらしいが、少年は素手の拳も十分に体得しているのだ。またたく間に、戴星から男たちの相手を引き受けて、武器を取り上げ、のしてしまった。衣服はまちまちだが、いずれも黒っぽい身なりの、いかにも無頼者といった男たちばかりだった。

「老曹、わかるか」

老人の目が、大きくひき剝《む》かれた。

「――だ、大少爺《だいしょうや》？　まことに、少爺でいらっしゃいますか。夢ではございませんか」

「夢なものか。たった今、帰ってきた。何事が起きた」

「わかりません。賊が――」

「父上は。母上は」

「奥に――。王爺は、お居間においでございましたが」

「希仁、手当を頼む」

返事も待たず、希仁の腕に老人の身体を預ける。

「玉堂《ぎょくどう》、宝春《ほうしゅん》はここで母上を頼む」

相手の腕は、いずれもたいしたことはない。負傷はしていても、このふたりなら女ふたりの身を守るぐらいのことはできる。

「剣をちょうだい！」

宝春が、叫んだ。

玉堂が、倒した男たちがとり落としたものを足で跳ねあげ、一本を宝春へと放り投げるのを横目で見ながら、

「漢臣、ついて来い！」

「槍《やり》があったら、貸しておくれ！」

矢継ぎ早に命令を出して、走りだした戴星に、漢臣がぴたりとついて叫んだ。彼が今まで棍《こん》を使ってきたのは、できるだけ相手を傷つけまいという、寺育ちらしい配慮だった。だが、今回ばかりはその必要がないと判断したのだろう。

戴星にとっては、勝手の知れた屋敷である。目をつぶっていても走れるし、何がどこにあるかもわかる。だれがどのあたりにいるかも、知り尽くしていた。

激しい剣戟《けんげき》の音が聞こえたのは、八大王の居間に近い回廊を走っている時だ。

その激しさに、戴星の表情が緊張するのを、漢臣は初めて見た。だが、人の声にまじって、周囲の人間を叱咤《しった》するひときわ豊かな声量が耳にとどいた時、戴星の顔面に喜色がいっぱいに広がるのも、また漢臣は見届けたのだった。

「父上――！」

叫んだ手には、三節棍《さんせつこん》がぴたりと構えられていた。居間からあふれだした人間が、その前の小庭にも闘争を広げていた。

人数は、敵味方あわせて二十人余り。乱戦だが、混乱をきたしていなかったのは、その庭に十分な光があたっていたからだ。

軒先に、大きな灯籠《とうろう》がいくつも点されていた。あわてて点したにしては、多すぎる数だと戴星はすぐに気づいた。

敵の数も、わずかに味方を上まわっているようだが、乱戦の中に飛びこんでみれば、屋敷の家臣の中でも腕利きの顔が、ふたつみっつと見える。何者かはわからないが、腕っぷしが強いばかりの闖入者《ちんにゅうしゃ》らが、対等に歯のたつ連中ではない。

それればかりか、動きやすいいでたちの上、手に手に武器を用意している。八大王だけは平時の服装だが、手にはやはり剣を鞘《さや》ごとたずさえていた。

そこへ戴星のみならず、武曲星《ぶきょくせい》の狄《てき》漢臣までが飛びこんだのだ。

一気に勝敗はついた。

八大王の前に、最後にひとり、捨て鉢になった奴がなにごとかわめきながら、飛び出した。

その腹に、三つに揃えて折りたたまれた三節棍が、きれいに突きを入れた。泡を吹きながら、男が崩れ落ちる。それには目もくれず、戴星はまず、武器を引いた。片膝をつき、両腕を身体の前でぴたりと構える。そして、深く頭を下げて、

「長い間、申しわけございませんでした。父上」

絵にしたいような、動きだった。なめらかな動作がぴたりと制止した時の、その静けさに、どこか揺るぎない自信のようなものを感じたのは、漢臣だけだったろうか。

あわてて、漢臣も槍を引き、戴星の姿勢に倣《なら》う。

しばしの沈黙があった。

やがて、おもむろに頭上から降った声は、

「まだ、父と呼んでくれるか」

苦笑と安堵と厳しさと、一抹《いちまつ》の寂しさが微妙に混ざりあった声音だった。

「それも、さほど長い間のことではあるまい。立つがよい、受益《じゅえき》。それとも、白戴星と呼んだ方がまだよいか」

「――受益です」

戴星は――いや、受益はためらわずに、その名を選んだ。

「父上のくださった名です」

庶民の白戴星が、八大王家の公子《こうし》・趙受益にもどった瞬間だった。不思議と、漢臣も反発は感じなかった。

「では、覚悟はつけてきたのだな」

八大王は、なおも念を押した。

「はい」

受益は、まっすぐに顔をあげた。

息子の腕をとって、八大王は立たせた。

「よろしい。そなたの母にも、そう告げさせよう。これ、だれか」

「ご無事なのですか」

「なに、今宵のことは、先刻承知していたのだ。準備にぬかりないし、そもそもあれはおのれで身を守れる婦人だ。なんだ、その態度は。そわそわして」

「共に連れてまいった者たちがいるのです。その者たちの無事を――」

「あわてるな。人を遣《や》る。――その者は？」

と、受益の背後に視線が動いた。庭では闘争の後片づけが始まっていたが、八大王の関心が、受益のうしろで首をすくめている少年に向いているのはあきらかだった。

「母上に、逢っていただきたい者のひとりです。姓は狄、名は青《せい》。峨眉山《がびさん》の王禅師《おうぜんし》からただいた字《あざな》は漢臣。母上の甥《おい》にあたる者です」

「武曲星か」

「ご存知だったのですか」

「とっくに存じておりましたよ。受益」

かろやかな婦人の声が、回廊をまわってこの場にあらわれた。漢臣が礼儀も忘れて、えっと目を見張ったまま、まじまじと見つめたのは、声の主が鎧胴をつけ短槍を脇の下にかいこんでいたからだ。

さすがに、夫の前に出る時に槍は侍女に渡して控えさせた。婦人のすぐうしろに、十二、三歳の少年がぴたりとついていたが、こちらも孩子《こども》なりに武装している。

「母上――」

「はい、王爺のおかげをもちまして。允譲《いんじょう》も、りっぱに働きました。あとで、誉めてやってくださいまし。さて――」

受益の前に立つと、小柄なことが際だった。美女ということばにはあてはまらないが、凛《りん》とした美人だという印象が強くする婦人だった。

「わたくしは、何でも見通しておりますよ。そなたのことも、そちらの方のことも。では、そなたが狄青なのですね。お立ちなさい」

ぼんやりと狄妃を見つめていた漢臣は、呼ばれてあわてて跳ね起きる。

「叔母上ですか、いや、叔母上でいらっしゃいますか」

「本来ならば、もっと早くこちらへ引き取るべきでしたが、そなたにとっては最善と信じて、王禅師におあずけしました、すまぬことをしたと思っています。その上、このわがまま者が苦労をかけて――」

「母上!」

「かけましたでしょう。虚言《うそ》を申してもだめですよ、受益。それから、そなたの真実の母上も早く、こちらへお連れ申しあげてください。こういうことは、こちらから催促するより早く、ひきあわせてくださるものですよ。まったく、気のきかないことといったら」

「――何故《なぜ》、おわかりになります」

「無事だったか」

「文曲《ぶんきょく》、武曲、二星がそろっていて、成せぬことがあるとは思えませぬ。さ、早く。丁重にお連れするのですよ」

「はい――！」

あの白戴星が命じられるまま、自分から走りだしていくのを、漢臣は目を丸くして見送っていた。


李妃《りひ》たちは、玉堂たちに守られて無事だった。負傷をしていても、よほどの使い手でも現れないかぎり、彼に勝てる者はそうそういるものではない。受益たちが奥へはいった後、また数人が正庁に乱入したらしいが、三人は玉堂に、ひとりはこの屋敷の者に倒され、ひとりは宝春に捕らえられた。

老曹も、希仁の応急手当で生命をとりとめるという。老人は、受益の幼いころからの世話役だったのだ。

「それが、その目を盗んで出歩くようになったあげくに、出奔《しゅっぽん》してしまうのですから」

狄妃にかかっては、受益もかたなしとなる。八大王夫妻の前で、受益はただ、肩をすくめているばかりだ。

荒らされた邸内をざっと片づけ、賊の始末をする。邸内の者の死者はなく、怪我人が老曹をふくめて三人。一方、侵入者側は、捕らえられた者が五人、死者が三人。逃げた者は幾人か、正確な数はわからない。

賊の残党の有無をたしかめ、衛士《えじ》を要所に配備しなおした上で、一同は八大王の居間に集められていた。

李妃と何史鳳《かしほう》がいないのは、ふたりの疲労を見て、狄妃が何も訊《き》かずに寝室を用意させたからだ。

宝春も休息を勧められたが、拒絶した。玉堂は、このまま出ていきたそうな、嫌そうな目つきを隠そうともしなかったが、狄妃の視線と、八大王のていねいな対応とに逃げ出す隙を失ったようだ。

いずれも夫妻の前で椅《い》子《す》を与えられ、小卓にはこんな夜半だというのに、茶の用意まであった。

もっとも八大王夫妻と関係が良好だったのは、やはりというべきか、包《ほう》希仁であった。

「ご苦労さまでした、希仁どの。やはり、そなたにお願いして正しかったと思います。よく、受益を連れかえってくださいました。感謝いたします」

面識のある狄妃に、まず、礼をいわれた希仁は、

「それには及びません。意外にたやすいことでございましたよ」

「莫迦《ばか》、謙遜ぐらいしろ」

八大王の隣に、窮屈そうな顔で座っていた受益が小声で怒ったほど、堂々と礼を受けた。

「これ、受益、おとなしくしておれ。漢臣と允譲を見るがよい」

狄妃にひきあわされたふたりは、年齢が近いこともあって、すぐにうちとけたようだ。允譲は狄妃の所生だから、このふたりも血のつながった従兄弟《いとこ》同士にあたるのだ。峨眉山で育ったという漢臣の身の上に、允譲は興味をひかれたのだろう。受益が李妃たちを連れて夫妻の前にもどってきた時には、菓子など与えられて、ふたりで笑い興じていたものだ。

「そなたたちの旅の概要は、わかった。さらなる詳細な話は、いずれ聞かせてもらうとして、問題はこれから先のことだ」

希仁が要領よく、李妃を見いだし桃花源にたどりついたいきさつをまとめて、短い話を終えると、八大王がうなずきながら身をのりだした。

「実は、ことは切迫している。大家《たいか》のご容体がよろしくない」

「まことですか」

「今日明日ということはあるまい。だが、実は、ご平癒《へいゆ》の希望は万にひとつもないとのことだ」

受益が、すこし身じろぎした。

「これは、娘子《じょうし》にも知らされておらぬ。秘密は厳守してもらうぞ」

呼応するように身をのりだしたのは、希仁である。

「承知しております。しかし、それほどお悪いとは――」

「儂《わし》にも、長らく秘されておられたのだ。存じておったのは、太医と側近のごく数人。儂が知らされたのは、つい数日前、太子太師《たいしたいし》に予定されておる者から、極秘裏にのことだ。それというのも、大家が到底ご回復にならぬと知れば、娘子とその取り巻きがどういう行動に出るか、知れたものではなかったのでな。娘子にある程度の 政《まつりごと》を執《と》らせておられたのも、それ以上の専横を防ぐため、娘子一派が強硬手段に出るのを防ごうというご配慮であったのだ。それが証拠に、娘子がなんと仰せになろうと、受益を太子にというご意志は決してひるがえされなかった」

「もしや、王爺、それは――」

受益が、またしても不安そうに身じろいだ。

「断言はできぬ」

と、八大王も慎重だ。

「気づいておられたやもしれぬが、なんの証拠もない。また、それを証拠だてれば、娘子の罪を暴くことになる。罪をおかしたとはいえ、皇后にまでたてた女性《にょしょう》だ。愛しく思われておらぬはずはない。できるなら、穏便《おんびん》にすませたいと思うておられたのではないか」

受益の表情が、聞いているうちに粛然《しゅくぜん》となるのを、希仁は見てとっていた。李妃を見捨て、劉妃《りゅうひ》に操られる暗愚《あんぐ》な実父と思っていたにちがいない。それが、真実を知らされて愕然《がくぜん》としているのだ。膝の上でにぎりしめられた拳が、なにより如実にその心情を示していた。

「事情はわかりました」

希仁はうなずいた。

「それで、王爺には、少爺をいかがなされるおつもりでしょう。このまま、王爺の御子として、帝《みかど》にご養子にさしあげるか。それとも、少爺のご身分を明かして、堂々、帝の実の御子として帝位に就いていただくか」

「なるべく穏便にというのが、大家のご本意だ。そのお気持ちには、できるだけ添いたいと、いったんは思うた。だが、このありさまだ」

庭を見て、八大王はため息をつく。

捕虜に問い質《ただ》すまでもない。この襲撃の黒幕が劉妃であることは、疑いようがなかった。

「実のところ、廷臣《ていしん》の意見はほぼ一致しておる。このまま儂の子として通しても、なんの支障もない。ただ、そうなった時に、娘子がどう出るか。表向きの反対ができなくなった時、何が起きるか。そんな危険を放置しておくわけにはいかぬ。この受益に、それだけの価値があるかどうかは別としてな」

八大王といい狄妃といい、まったく容赦がない。希仁は少しばかりだが、受益に同情した。こう手厳しくては、立場がない。白戴星などとでたらめを名乗り、気ままな旅に出たくなるのも無理はない。

ただし、ふたりの口調にはそろって、言葉以上の深い愛情がこめられていた。どれほど厳しいことを口にしても、目に慈愛がこもっていた。世の中の人間すべてが敵にまわっても、このふたりだけは味方だと、そう信じさせるものがたしかにあった。

だからこそ、白戴星という少年もまた、人を信じ、人に信じさせるものを備えるに至ったのだろう。

希仁はちょっと考えをめぐらせる気配だったが、

「念のため、公子の――いえ、殿下のご意見をうかがいたいのですが」

「よせといったろう、その呼び方は」

受益は、いやな顔をした。

「いえ、今後のこともあります。けじめをつけるという意味でも、これからは、敢《あ》えてこう呼ばせていただきます」

太子になるならぬは別としても、まちがいなく八大王家を継ぐ身である。ならば、今後、殿下、王爺と呼ばれることはあっても、それ以下で遇されることは有り得ない。馴れ馴れしく臣下と冗談口をたたきあうということも、そうそう許されることではなくなる。

太子殿下、そして陛下と呼ばれるとなると、さらに他人とのへだたりは大きくなる。目前にひざまずく者はいても、まっすぐに立ち頭を上げる者は皆無になる。

帝位に就くというのは、そういうことだ。その覚悟があるかと、希仁はあらためて言外に、受益に尋ねたのだ。

「いかがですか」

「おれの気持ちをいえというなら——この八大王家の子として帝位に就く方が、気持ちは楽だ。だが、母上——実の母上はどうなる、おれのために死んだ宮女の寇氏《こうし》は。左遷《させん》されて雷州《らいしゅう》へむかっている寇萊公《こうらいこう》は。いまだに宮中で、危険にさらされている陳琳《ちんりん》は。おれの正体を、あの女はもう知っている。おれが手をゆるめれば、あの女はことの真相を追及する。陳琳が危険にさらされるし、この八大王家も危なくなる。乗りかかった船、騎虎《きこ》の勢いということばもある」

「では、どうなさいます」

「大家に——じかに話がしてみたい。おれの口から、この一件の一部始終をうちあけてみる。大家がどう判断されるか、なにを望まれるか、それをうかがってみたい。すべては、それからだ」

「わかりました」

希仁はたちあがった。

「ただちに、手配いたしましょう」

これには、八大王夫妻もおどろいた。

「ただちにといって、こんな夜分にか」

「無理でしょうか」

「不可能ではなかろうが、急ぐ必要があるのか」

「先ほどの賊が娘子のさしがねであるなら、そろそろ、失敗の報告がとどくころです。娘子はあせっておいでです。ひとつ失敗したと知れば、すぐに次の手をうってこられるでしょう」

「次の手？」

「八大王家は、夜分に武装し守りを固めていた。そんな報告から、捏造《ねつぞう》しやすい冤罪《えんざい》といえば、ご謀反《むほん》ぐらいでしょうか」

あまりにあっさりと軽くいわれて、他の者は一瞬あっけにとられた。もっとも、八大王と狄妃がおどろいたのは、どうやら希仁の大胆さのみで、なりゆきの予想はついていたようだ。その中で、受益だけが激しい反応をみせた。

「——希仁！」

「心配ない。捕らえた者の口から、依頼主をたどるのはたやすい。下手にこちらを訴えれば、それを証拠に反論するという方法もある。そこまで、娘子も莫迦ではあるまい」

「だからといって、娘子の方でも手をこまねいてはおられますまい。ことに陛下のご容体が万一、急変でもなされば、あとは娘子のお力の方が強くなる。いいえ、わざと悪化させるという手段をとられないともかぎりますまい」

　これには、さすがの八大王の顔色も変わった。

「まさか、そこまで」

「とは、私も思いますが。ですが、歴史上、例のないことではありません。ここは一刻さえ惜しい事態でしょう」

「わかった。だが、具体的にどうする。このまま、真正面から受益が参内すると申しあげてもよいのか」

「――それでは、ことが公《おおやけ》になりすぎます。娘子の妨害も考えられますし、逆に、陛下が娘子を庇《かば》いたいと思し召《おぼめ》しても、それでは手のうちようがなくなります。――慈悲と寛容も、上にたつ者の資質ですよ、殿下」

　不服そうな顔をかくそうともしない受益に、希仁は釘をさした。

「夜分をさいわい、内密に参内《さんだい》するのがよろしいでしょう。宮中に、そういう手配のできる方は」

「東宮《とうぐう》の太子太師に予定されている魯宗道《ろそうどう》が、何度も夜分に参内している。その随行ということでは」

「お顔があらわになるのは、まずいでしょう。失礼ですが、殿下がこちらのお屋敷に初めておいでになった時には、宦官の陳琳どのと申される方が、手籠《てかご》に隠してお連れしたとか、もれうかがったことがありますが」

「そのとおりです」

なつかしそうな表情で、狄妃がうなずいた。

「では、皇城《こうじょう》へもおなじようにもどっていただきましょう」

「おれは、手籠なんぞにはいれんぞ」

受益が抗議する。

「大きさは、考えてさしあげますよ。ご自身でおっしゃったことです。おとなしく、私の指示にしたがってください」

「おれを皇城へほうりこんでおいて、おまえはなにをする気だ」

「まずは、噂を流します」

「うわさ？」

「うかがったところでは、現在、娘子もまたご不予《ふよ》（病気）とか？」

「風邪をこじらせただけだそうだがな」

「祟《たた》りだという噂を、なるべく早く、宮中に撒《ま》いていただきたいのです」

「祟り？」

「はい。その昔、娘子に殺され、秘密裏に捨てられた宮女がいる。その宮女が今、娘子にとりつこうとしているのだ、と」

「なにを考えている、希仁」

不審そうな目をしたのは、受益だけではない。だが、文曲星の化身は、おだやかな笑顔をうかべて立っているだけだった。

「とにかく、わたしの申しあげるとおりにしてください。これがうまく運べば、おいおい、ご説明申しあげることもできましょうから」

八大王家襲撃の失敗の報告を、劉妃が受けたのは、三更（午前零時）をまわったころだった。

「まったく、情けない。兄上ともあろうお方が、そんなことも満足に差配がおできになれぬとは」

「しかし、これぱかりは仕方あるまい。おれ自身が直接手を下すわけにはいかんのだから」

劉美《りゅうび》は、かろうじて反論をこころみる。

「直接、おいでになっても、きっとろくなことはございませんでしたでしょうよ」

実兄に、劉妃は遠慮のない非難を浴びせかけた。劉美も、敢えてそれには逆らわない。

「そうかもしれん。八大王め、屋敷内の警備を固めていたからな」

「やはり、固めておりましたか」

この場にもし希仁がいれば、劉妃の目の輝きを見て、案の定と思っただろう。

「兄上、警備とは、どの程度でした？」

「どの程度といって、私は見ておらんのだぞ」

「でも、報告はお聞きになってらっしゃいますでしょう。警備と申すより、武装という方が正しくはございませんでしたか」

「いや、それほどでは──いや、それとも、そうだったかもしれん」

現場に出ていたわけではないから、劉美もいいかげんな答え方をする。

「やはり、そうでしたか。妾《わらわ》を罠にかけるつもりだったと、これでわかりましたわ。小賢《こざか》しいこと。さっそく、八王爺のこのご所業、大家に訴え出ることといたします」

「おい」

「兄上のご指図はうけませぬ」

「そうではない、まだ、病気は治りきっていないのだろう。無理をするな。八大王とのことも、これ以上こじれさせると、とりかえしのつかないことになる。ここが引き時ではないか。あきらめて、和解せぬか。大勢は、おおかたあちらに傾いているのだぞ。今なら、大家におすがりすれば、なんとかなるかもしれぬ」

「そんなことを申している場合ですか。ええ、兄上にはお願いいたしませぬ。お引き取りくださいませ」

柳眉《りゅうび》を逆立てて叫ぶ妹に、さっさと劉美は退散していった。

もはや、これまでと思ったのかもしれない。屋敷に閉じこもって恭順の意を表明するか、それとも夜逃げするか、頭の中で忙しく考えていた。

一方、兄の背中を見送った劉妃は、

「聞きましたか、太監」

御簾《みす》の背後によびかけた。

「うかがいましてございます」

姿を見せたのは、雷允恭《らいいんぎょう》の太った身体だった。顔色が悪い上に、のろのろと脚を引きずって歩いてくるさまに、いらいらと劉妃は叫んだ。

「何をしているのです」

「申しわけございませぬ。脚がいうことを――」

「いうことを聞かぬのは、そなたらです。兄上は頼りにならぬ。丁公《ていこう》めは、邪魔者の寇萊公を葬ったとたん、妾には用はないとばかりに現れぬ。そなたはそなたで、帰ってきたはよいものの、身動きもままならぬ始末。これで、例の物を持参しなかったら、とっくの昔に追放していたところですよ」

「それればかりは、お許しを」

宦官は、皇城の外では生きていけない。手に技術があるわけでなく、特殊な技能を身につけているわけでもない。雷允恭のように肥満しては、身体を動かして働くこともならず、それでいて美食などの贅沢に慣れてしまっているから、我慢ができない。ことに雷允恭は、江南《こうなん》への旅でそのつらさを実体験してきただけに、放逐《ほうちく》の二字は耐えがたいことばだったにちがいない。

「なにごとによらず、お申しつけのとおりにいたします」

「では、例の物をこれへ」

「は」

雷允恭は、御簾の陰から錦の筺《はこ》を持ち出してきた。脚をひきずり額に汗をうかべながら、それを劉妃の前に据える。中からやはり錦の包みをとりだして、そろそろと開く。とろりとした緑色の塊が、灯火のまたたきにあわせて揺らめいた。

「これが、容華鼎《ようかてい》」

「これさえあれば、桃花源に出入りは自在にございます。内部から、取り出すのも同様にございます。臣が生命をかけて持ち帰りましたもの故《ゆえ》、どうぞ、お約束を――」

「能書きは、どうでもよろしい。では、この中から不老不死の力を取り出すことも、できるのですね」

「そのようにございます」

「では、亡き人を甦《よみがえ》らせることも」

不気味なことを、劉妃は口にした。雷允恭は、青くなりながらも肯首した。

「ど、どのような術を用いるのかは、存じませぬが」

「ですが、あの崔《さい》とやら申す老人ならば、できるのでしょう」

「は、できるかもしれぬと申しておりました。委細は申せぬが、娘子がご希望ならば、相談に応じるとも申しておりました。さっそくに、明日にでも——」

「今、すぐではならぬのですか」

劉妃はもう、待てなかった。

「皇城の外の廟《びょう》で待つと、いわれております。今から、外へ迎えに行くとして、すぐもどりましても、ことは明日ということに」

「無礼な。妾の使者を、呼びつけると申すのですか」

「相手は、なみの人間ではございませぬ。臣が今から参って、話をいたします。容華鼎をおあずけいただけますならば、話次第で、その場で術をおこなわせることも可能かと存じます。とにかく、ご要望に添うよう尽力いたして参りますほどに、どうぞ、この場は、お気をお静めくださいませ」

「では、行くがよい。例の物を持っていくのですよ」

深夜だとか、相手の具合も悪いことなどまったく考慮の外である。

それでなくとも、遠い江南から雷允恭がもどったのはほんの数刻前なのである。なんの前ぶれもなく、突然ふって現れたにしても疲労はある。脚の負傷もある。

だが、劉妃自身も、兄の劉美に指摘されるまでもなく、体調がおもわしくないのだ。他人の都合など、かまっていられる状態ではない。その上に、

「かしこまりました。くれぐれもご用心のほどを。八王爺は、執念深いお方にございます。狄妃さまも、なかなかのくわせ者と――」

指図をされるのを、劉妃はもっとも嫌う。

「よけいなことを申さずともよい。さっさと行きなさい」

「は、ただいま、ただいま」

転げるように退出すると、すぐに外出の支度を整えた。

肩輿《けんよ》を用意させ、皇城の東、東華門《とうかもん》から出る。

宋《そう》の御代《みよ》のよいところは、唐《とう》などとちがって夜間の外出の制限がないということだ。むろん、皇城など重要な建物の出入りは厳重な警備のもとで行われるが、皇后の内密の用件をふりかざせば、外に出るのにはなんの造作もない。また、内に入る者には警戒の目も厳しいが、外に出る者に対しては、案外、注意力が散漫になるものである。

逆に、物に関しては、持ち出されるものに対しての検査は厳重に行われる。御物《ぎょぶつ》が盗みだされでもしたら、衛士の責任問題にもなりかねないからだが、その分、持ちこまれるものに関しては警戒もゆるみがちだった。

実は、雷允恭が出ていく半刻（約一時間）ほど前に、東華門から皇城へはいった荷車があった。

車には、ひとかかえほどの櫃《ひつ》が乗せられていた。

衛士が中をあらためようとすると、

「これこれ、それは在下《それがし》のじゃ」

驢《ろ》に乗った男が、少しあとから追いついてきて制止した。

「魯大人《ろたいじん》。このような夜分に、いかがなさいました。また、お召しですか」

衛士の長が、あきれた声を出す。

この魯宗道《そうどう》という初老の男は、太子太師に予定されているほどの高官であるくせに、妙にとぼけたところのある人物である。帝に招請されたというのに、自宅の隣の酒楼で呑んでいて、参内に遅れたこともある。奇行というほどではないが、一風変わったところのある人物で、その分、悪意もなく目下にも威張り散らすことがないから、顔を知る衛士たちも緊張を解いた。

「さよう。まこと、互いに宮仕えも楽ではないの」

宮仕えといっても、ただの衛士と朝廷の高官とでは格がちがうのだが、それを同等に扱われて衛士が悪い気になるはずがない。

「このお荷物は」

「それがの。どうせ、また皇城に泊まりこむことになるのはよいとして、先日来、どうにも寝つかれぬようになってな。年のせいか、それとも、夜具がかわると眠れぬのかもしれぬということで――」

「ご自分の夜具を、お持ちになられたのですか」

衛士たちがあきれると、魯宗道は恥ずかしそうに頭をかいてみせた。中には失笑をもらしている衛士もいるが、おおむねは好意的な笑いになった。

「いや、眠れるかどうか、保証のかぎりではないのだがな」

「けっこうです。どうぞ、お通りください」

と、道を開けたのは、奥からの迎えだろう、痩《や》せた宦官がひとり、明かりを携えて出来て、魯宗道に一礼したからだ。

それ、とばかりに、車を小者たちに引かせて、彼らは一気に門をくぐった。たてこんだ役所の建物の間を曲がって、衛士の目と光の届かないところへたどりつく。

「陳琳どのですな」

魯宗道が確認をした。宦官はだれも、似たような顔に見えて、今までとりたてて識別しようとも思わなかったが、今夜ばかりは別である。

慎重にたずねた声に、黒衣の人物がうなずいた。

「八王爺より、うかがっております。大家には、まだお伝えしてございませんが、今よりお連れいたします」

そして、櫃にむかって深々と一礼した。

「よくぞ——よくぞ、ご無事でおもどりくださいました。十七年間、この日の来るのを、一日千秋の思いでお待ち申しておりました——」

話は元へもどる。

雷允恭の輿《こし》は、東華門を出たあと、まっすぐに南下する道をとった。用件が用件なだけに、輿をかつぐ人夫ふたりの他に、随行はひとりのみ。受益や江南へ旅した連中がその顔を見れば、あいつかという男である。

さすがに、かざした灯籠の光にうかびあがる顔には、疲労の色が濃く出ていた。漢臣相手に大立ちまわりを演じたあげくに、奇妙な体験をして、気がついたら開封《かいほう》にもどっていたのである。なみの神経の持ち主なら、そこで音をあげてしまっているところだ。

いや、なみでない神経の持ち主は他にもいたようだ。

東華門を出た時から、輿のあとをつける影があったのだ。その数、ふたつ。

背の低い方が先に立ち、背の高い方があとからゆっくりと歩く。どちらかといえば、先の影をさらに、後者がつけるという雰囲気だった。

深夜とはいえ、大路に人通りが絶えないのが、開封という街である。路傍には露店がならび、振り売りの声がまだかすかに聞こえる。焙《あぶ》り肉や干し肉の類から、瓜《うり》、梨《なし》、李《すもも》といった果物、気の早いところで氷を浮かべた水や団子が見えている。それにつられてそぞろ歩く人々の数も、まばらではあるが、ないわけではない。つける方は、その影に身を隠せる一方、飛ぶように進む輿は人の中では目立った。

輿は、小路をひとつ曲がりふたつ曲がり、次第に人影の少ない方へと進んでいく。うしろの影も、次第に物かげに隠れたり、角を曲がる時には注意をはらうようになった。最後に輿が曲がったのは、人ひとりがやっと通れる程度の、細い小路である。むろん、灯りなどはいっさいなく、ひっそりとした闇が高い塀と塀の間を埋めていた。

輿はためらいなく、闇の中にまぎれこむ。後からきた影が、あわてて小路の中に飛び込もうとするのを、

「待て、あわてるな」

襟髪《えりがみ》をつかんで、止めた手がある。

「あ——玉堂。なにをするんだよ」

抵抗するのは、狄漢臣の紅《あか》い頰である。後から来た長身は、いうまでもなく殷《いん》玉堂。

「離せよ。あいつら、逃げちまうじゃないか」

「あわてるな。この先は袋小路だ」

開封の街のことなら、隅から隅まで知っている玉堂である。むろん、玉堂がすすんでかって出た仕事ではない。地理不案内の漢臣ひとりでは無理だと判断した希仁の配慮で、その上に狄妃の要請があった。

「——金銭《かね》であがなう気はありません。ただ、この先、そなたの悪いようには計らいませぬから。信じておりますよ」

むっとした顔つきで、それでも玉堂は腰をあげざるを得なかった。

狄妃のことばに、純粋な誠意を感じ取ったからである。漢臣と肩を並べなかったのは、不承不承だという意思表示にすぎない。以前にくらべて、自分のやりようが甘くなった。それが腹がたつのだが、希仁たちに仲間扱いされていると、奇妙に居心地のいい自分にも気がつくのだ。

「逃げられやせん。逆に、むやみに飛びこんで待ち伏せされたら、目もあてられん」

「だったら、どうするのさ」

「来い」

とは、玉堂はいわない。

視線だけで塀の上を示し、自分だけひらりと飛び上がる。漢臣も身は軽い方だが、なにしろ身長が足りない。足がかりをさぐり、手を伸ばし、苦労した末によじ登ってみると、玉堂ははるかかなたの屋根の上にいた。

月光が、きらきらと降っていた。

漢臣が音もたてずにその脇に走り寄ると、

「見てみろ」

という風に、玉堂は目の下を視線だけで示した。

下は、石畳《いしだたみ》の院子《にわ》になっていた。中央に銅製の巨大な香炉が据えられ、黄色い札がちぎれて落ちているのが、月の淡い光の下でもはっきりと見えた。では、この下は道観《どうかん》か土地神の廟なのだろう。漢臣は、自分の踏みつけている瓦屋根を、すこし不安そうに見直した。

一方、玉堂の方はそ知らぬ顔で、下を凝視しつづけていた。

ふたりとも、疲れていないわけではない。旅装を着替える暇さえなかったし、玉堂の負傷もまだ癒《い》えていない。

桃花源にはいった時に玉堂が行方知れずとなったのは、李絳花《りこうか》がいち早く連れ去って手当をしていたためだそうだ。とっさに宝春をかばって負傷したことが、李絳花の気にいったらしい。おかげで、負傷の度合いにしては回復が早く、こうして動けるほどになっている。

三節棍を雷允恭たちからとりあげておいたのは李絳花で、それを勝手に持ちだして、戴星に渡したのは玉堂の判断だったという。

ちなみに、屋根の上にひそんでいた玉堂に戴星が気づいたのは、

「桃の枝が揺れて、さし示しているような気がした」

ためだそうだ。

敵と味方が、くるくると入れ替わる状態で、よく誰も命を落とさずにもどれた——しかも開封まで一気に来られたものだと、漢臣はいまだに頭の一部がぼうとしている。

その点、さすがに玉堂は、少なくとも体力的な極限は何度か経験しているらしく、気力を落とすことなく白刃《はくじん》のように研ぎすませ、じっと一点から目を離さなかった。

輿は、廟の門前に乗りすてたらしい。人夫も外で待たせているらしく、院子には雷允恭の巨体と、例の男の痩身しかない。

ふたりとも宦官の黒衣だから動静は非常に見にくかったが、雷允恭の巨体がふところから取り出した物の正体は、すぐにわかった。

そこだけ月光を受けて、まるで緑色の水がわだかまったように見えたのだ。ちょうど、桃花源に近いあの川の淵《ふち》の深い色に似ていた。

雷允恭は、容華鼎をうやうやしく廟の階段の一段目に据えた。その前の石畳に、なにやら白い細長いものを横たえると、香炉の中に物を注ぎいれる格好をし、男に持たせた灯籠から火を移す。

たちまち、白い香りが糸のように細くたちのぼりはじめた。

『やはり、おでましになりましたな』

聞こえた声に、漢臣も玉堂も、背筋が凍るような気がした。確かに、その周囲だけがずんと冷えこんだような気がした。

（――崔秋先《さいしゅうせん》！）

雷允恭たちが、無事に開封に現れているのだ。崔秋先が生きていたところで、不思議はない。だが、声はするが姿は見えない。そして、その声がまるで、地の底、闇の底から這いだしてくるように聞こえたのだ。ここに、受益や希仁がいても、やはり漢臣たちと同様、ぞっとした目を合わせただろう。

「そなたが、最後に教えてくれたとおりにしたのじゃ。頼みがある。いや、これは賢きあたりからの、是非ともというご依頼じゃ。聞き届けてくれような」

『そもそも、ことの最初のお約束は、桃花源の場所をつきとめ、ご希望のものを手に入れてさしあげるということでござりましたな。そのために、いろいろと便宜をはかっていただきました。よろしいでしょう、ご希望とやらをうかがいましょうぞ』

「申すぞ。娘子は、今は亡き娘子の御子を、桃花源の力で甦らせることはできぬかと仰《おお》せじゃ」

屋根の上で、漢臣は細かく身震いした。いや、玉堂でさえきっと奥歯を嚙みしめて、なにかをこらえた気配があった。

「できるか」

『できまする』

声のみが、きっぱりと応《こた》えた。

「おお、それではさっそく」

『しかし、生命の器が必要となりまするが』

「それならば、この人形がある。御子のお姿にそっくりにこしらえた物じゃ」

屋根の上で、ぞっと見かわされた眼がふた組あった。

『形をなぞっただけでは、さて、うまくいきまするかどうか』

「以前から、御子の身代わりとして慈しまれていた人形じゃ。それでも、不足か」

『ならば、よろしいでしょう。ただし』

「ただし？」

『御子だけ、というわけにはまいりませぬ』

からん——、と。

乾いてうつろな音がした。

小石かなにかが、石畳の上に落ちた音だった。

自分たちがなにかを落としたかと、玉堂たちは屋根の上で身をすくめる。だが、音は地上で発生したものだった。

人形が――いや、小さな孩子《こども》の背丈ほどの影が、ゆるやかに立ち上がったところだったのだ。

『そもそも、桃の木の力は、大地から得るもの。大地にもどった人や動物や、ありとあらゆる命の力を、あの桃の木は根から吸収し、花に還元して咲かせておりました。だから、亡き人の姿形も憶えております。再現するのも、わけはないこと。ほれ』

声が、廟の中から門へと走りぬけた気がした。

屋根の上でさえ、声の方向が聞こえたのだ。真正面からその声を受け止めた雷允恭たちは、声にひきずられるように、ふりかえった。

「――ひ」

息を呑む、ひきつれた声がまっすぐにたちのぼった。

「――そ、なたは」

崔秋先の声が、その悲鳴に重なった。

『御子を甦らせるのであれば、このお人もこの世にもどしてやらねば、不公平と申すものでござりまするぞ』

よろよろと、雷允恭は数歩あとずさる――というより、這いすさった。目は、空の一点を凝視する。

『雷太監』

と、声がひびいた。

崔秋先の声ではない。もっと細い、女の声音だ。玉堂たちには、心あたりはないが、それを聞いたとたんに雷允恭の身体は跳ねあがった。

「許してくれ、許してくれ――」

『雷太監。私の命もお返しくださいまし』

「許してくれ、某《それがし》が悪かった。某が悪かったから、許してくれ」

頭を地にすりつけ、丸い腕でかかえこみ、目を閉じ耳をふさぎ、震え続ける。

「雷太監、いかがなさいました。太監」

屋根の上で、漢臣と玉堂が再び目をみかわしたのは、彼らにはなにも見えなかったからだ。

いや、見えることは見えた。

香の煙がふらふらと、奇妙な動きをみせて何か所かにわだかまり、人形と同様に、人の背丈ほどに立ち上がったのだ。だが、上から見ているせいか、しっかりとした形には見えなかった。だから、当初、雷允恭がなにに怯《おび》えだしたのか、判断がつかなかった。

もしやと思い至ったのは、例の男には、どうやら見えているものがちがうらしいとわかった時だ。

男は、人形を背にかばいながら、

「太監。御子は、こちらにおわします。無事にこうして」

これまた、奇妙なことをいう。人形が自力で立ち上がるという怪異に、疑問も恐怖も感じていないらしいのがまた、よそ目には不気味であるが、

「そなたには、見えぬのか。そ、そこに宮女の寇氏が。儂を責めておる。わ、儂が殺したと。儂ではない、儂のせいではない」

「――どうなってんだろ。おいらには、なんにも見えないよ。それに、あの人形、どうやってあやつってるんだ」

ひそひそと、屋根の上で漢臣がつぶやいた。

「どうやら、俺たちには見えぬものが、連中には見えているらしいぜ」

「許してくれ。悪かった。全部、白状するから、詫《わ》びるから――」

なおも、悲鳴をあげ続ける雷允恭に、男の表情がすこし、変わったように思えた。斜め上からだから、いくら夜目のきく漢臣たちでも、正確なところはとらえられない。だが、男が黒衣の陰から、白刃をぬきはなったのだけははっきりと見てとった。

「太監――」

「な、なにをする！」

背後から、厚い雷允恭の背に白刃が斬りつけられる。そのままなら、雷允恭に身を守る

術はなかっただろう。だが、刃が彼の身体に届く前に、

「――！」

声もなく、音さえたてずに天から降った影がひとつ。

それが、雷允恭と男とのわずかな間隔に、はかったようにぴたりと落ちてくる。頭上にふりかざした棍が、まっすぐ真正面にふりおろされる。

「漢臣――！」

漢臣の渾身の力と、落下の勢いが一方向に合わさった。この直撃をうけては、たまったものではない。

脳漿《のうしょう》が、雷允恭の顔まで飛んだ。

漢臣は返り血を器用に避けて、横飛びに飛びすさっている。

くたくたと、男の身体は藁《わら》人形のような不自然さで、雷允恭にたおれかかる。その背中で、からりと音を立ててこれは本物の人形が崩れ落ちた。

雷允恭は顔をぬぐうこともせず、うつろな目でそれをぼんやりとながめていたが、

「ひ――」

どさりと男の重みがかかったとたんに、我にかえった。いったんは遺骸の下敷きとなったが、もがきながらはいずりだしてくる。

「助けてくれ、助けて――」

助けにはいったはずの漢臣から逃れようとする意図が見えたが、目の前に、長身の人影がたちふさがったと見たとたん、へたへたと全身から力が抜けた。

「これまでだ。雷允恭」

「お、おまえらまで。おまえらは、儂が殺したわけではない。やったのは、崔秋先じゃ。どうか、成仏してくれ。どうか——」

手だけをあわせて、懸命に伏しおがむ。それにはとりあわず、

「やかましい」

玉堂の拳が、雷允恭の腹にはいった。たっぷりと肉はついているが、狙いたがわず鳩尾《みぞおち》にはいる。声もなく、雷允恭は崩れ落ちた。

「それにしても、どうなってたんだろうなあ」

漢臣が、ころがっている容華鼎をひろいあげながら首をひねった。もうひとつ、石畳の上からひろいあげたのは、布と陶器の断片である。どうやら、陶器製の人形に衣服を着せかけてあったらしいのだが、それがまるで高いところから落としたように、砕けて原形を留めていない。

それを、両手に持って、

「成仏だなんて、どうやら、おいらたちを死んだものと思っていたみたいだけどね」

あの状況では、桃花源に取り残された彼らを死んだものと楽観視しても不思議はないが、

あまり気味のいいことではないと、漢臣は笑った。笑いながら、片手の容華鼎の中身を、片目をつむってのぞきこむ。

「おい、そんなことをしている暇はないぞ。これから、こいつを運ばなけりゃならんのだ」

玉堂が、憮然《ぶぜん》と告げる。

他の者なら、そうすごめば震えあがって従うところだ。今まで、彼が相手にしてきた連中は、すくなくともそうだった。しかし、漢臣はどこ吹く風で、

「でもさ、こいつら、何を見て怖がってたんだろうね。なんでいきなり、仲間割れしたんだろう」

「俺が知るか。おまえが殺した奴に聞け」

冷たく言いはなったつもりだったが、少年は、けろりとした顔つきで、

「あんたに、訊いてないよ。師兄《しけい》に尋ねればわかることだもの」

どうせ、期待などしていない、といった調子に、玉堂は鼻を鳴らしただけだった。不満には思うのだが、何が不満なのかがわからなかった。それがまた、不満だった。

雷允恭の脂肪の多い身体を、思いきり蹴りとばして、玉堂は彼を運ぶ段取りにとりかかった。

劉妃が、帝の寝所へと現れたのは、翌、早朝のことである。

侍女を数人引き連れて早足に歩く姿には、長い間の宮中暮らしの間に優雅さと威厳がそなわっているが、まだ顔色が悪い。回廊の曲がり角ごとに、肩で息をつく。だが、侍女たちがその身を案じても、けっして休もうとも引き返そうともしなかった。

「お待ちくださいませ、娘子」

彼女の前をさえぎったのは、痩身の宦官の黒衣である。面を深く伏せて礼を執っているために、顔までは見えない。見えたところで、劉妃の憶えている顔ではない。

「何事です」

「大家におかせられましては、娘子にしばらく、宮城でお控えくださいますようにとのことでございます」

政務を執る機関のある皇城に対して、宮城はいわゆる後宮で、ここに控えていろというのは事実上、謹慎するようにというのと同義である。

むろん、劉妃がそのまま、はいと返事をする道理がない。

「何故です」

柳眉を逆立てて毅然とした態度をとれば、今までならば、どの宦官でもおそれいった。皇后の怒りを恐れて、理由も述べず聞かず、どうぞと道をあけるのがふつうだった。

だが、今朝の彼は、てこでも動きそうになかった。

「大家のご指示にございます。どうか、このまま」

「ですから、何故と尋ねているのです。仮にも皇后の前をはばんでおいて、問答無用ですむと思うのですか。そなたでは埒《らち》があかぬ。話のわかる者はおらぬのか。丁公はどちらです、枢密使《すうみつし》の丁公言《こうげん》どのを呼んでくるがよい」

相手がまだ若いと見てとって、恫喝《どうかつ》をかけたのだ。ことさら、最近、疎遠になった丁謂《い》の名を出したのも、まだこちらの味方だと周囲に印象づけるためだった。

だが、相手に威圧をかけながらも、どうもいつもと勝手がちがうことを、劉妃は敏感に感じ取っていた。気のせいか、背後や物陰で、なにやらひそひそとささやく声までが聞こえる。

劉妃が声をとがらせると、その宦官は案外あっさりと引いた。そのかわり、声を聞きつけたか、奥からさらにひとり、年配の黒衣が現れた。

宦官は年齢をとるのが早い。この黒衣も外見は六十歳近くに見えたが、おそらく実年齢は四十歳代だろう。雷允恭の巨体を見慣れている目には、痩せた身体は貧相にさえ感じられた。これなら、もう一喝すれば道をあけると、劉妃は期待した。

「そなた。この無礼者を、なんとかしてもらいましょう。でなければ、丁公をこれへ」

その若い宦官の上司だろうと見当をつけて、頭から命じたが、

「それにはおよびませぬ」

きっぱりと、拒絶された。

「この者は、大家のご命令に従ったまでのことでございます。お許しを。また、丁公は先日来、お加減がよろしくないとのことで、参内しておられませぬ」

さては、日和見《ひよりみ》を決めこむ気かと眉を逆立てた劉妃の推測は、ほぼ正しい。過日、八大王に声をかけ、なにやら話しこんでいたことまでは知らぬ劉妃だが、丁謂という人間が、情勢が悪くなると一番に逃げ出しかねないということだけは、見抜いていたのだ。

「娘子におかせられましては、ここより、宮城へおもどりあそばしますよう。ことを荒立てられぬよう、お願いいたします」

「妾が、大家をお見舞いしてはならぬと申すか」

「しばらくは、お控えくださいますよう」

「ええ、理由を申しなさい」

「では、おたずねいたしますが、雷太監は、もっとも娘子のおそば近くにおりました者でございますな」

いきなり、黒衣の口調が詰問に変わったのを劉妃は感じた。折れそうに細い、卑しいこの黒衣の口調に、なにか犯しがたい自信か迫力のようなものを、劉妃は感じた。

「それが、いかがいたしました」

一瞬、ひやりとしたものが、腹の底のあたりからおしあがってくる。

「雷允恭どのは昨夜、府下のさる土地廟で捕縛されました」

　ずきりと、劉妃の顔色が変わるのがはっきりとわかった。

「捕縛とは、どういうことです」

「他に意味などございません。深夜、土地廟で怪しげな術を行っているところを、官兵に捕らえられました」

「そんなはずは――」

　思わず口走ったのは、雷允恭が連れていった宦官に、以前からいいふくめていたことがあったからだ。

　雷允恭の弱さ、ことに性根の脆《もろ》さはとっくの昔に見抜いている劉妃だったから、目付役を雷允恭に護衛と称してつけて江南へ送り出したのだ。雷允恭のことだ、せっぱつまったり、おのれの利害に目がくらんだら、なにを言い出すかわからない。

　妙なことを口走りだしたら、遠慮なく処分するように――。

　それが、劉妃の至上命令だった。

　誰かに捕らえられそうになっても同様。

　だから、万が一にもあの男が雷允恭を討ちもらすことはあるまいと、安心しきっていたのだ。

「はず、とは？　なにか、娘子はご存知でいらっしゃいましょうか」

たたみかけてくることばに、この黒衣は隙がない。

「いえ——たしか、護衛の者を、雷太監は常に連れていたはずと——」

「その者が、雷太監を殺そうとしたところを、通りすがりの者が助けたとか」

通りすがりが、真夜中に屋根から降りてくるかどうかは、この際、別問題だ。

「助けた上で調べてみると、あやしげな香炉や人形を携えて、なにやら祈っていたとか。大家の長らくのご不予とも考えあわせると、これは由々しき事態にもなりかねぬということで、現在、内密裏に調査を始めたばかりにございます」

劉妃は、愕然となったはずの顔色をかくそうと懸命になった。では、雷允恭はなす術もなく捕らえられたのだ。せっかく手に入れた桃花源の生命を、活用することもできず——御子を甦らせることもできず。

「妾は——妾をまさか、疑うているのではありますまいね」

劉妃は、わざと居丈高に問うた。

巫蠱《ふこ》は、大罪である。

おこなったとなれば、これは大逆の罪に問われる。八大王の謀反をいい立てるどころではない。

劉妃の側にしてみれば、おこなわせようと命じた術の真意は別にある。弁明の余地はある。だが、その弁明がどこまで通用するか。いっそ、雷允恭を切り離して、無関係を主張した方がよくはないか。

　虚勢を張る一方で、劉妃は頭の中でいそがしく思いをめぐらせた。

「とんでもないことでございます。ただ、この詮議でなにかと騒がしくなります。娘子に失礼があってはなりませぬ故、一時、避けていただくだけでございます」

　まさか、疑惑を持っていたとしても、こんな場所で正面切って詰問する権限を、この黒衣は持っていない。それは承知していたから、劉妃はいったん、引き下がることにした。おとなしくしていると見せかけて、打つ手もある。

「わかりました。妾は宮城にもどります。でも、何事かありましたら必ず妾に伝えるように。大家はいまだご快癒ならず、太子も決まらぬありさまなのですからね。そなた、姓名は」

「陳琳と申します」

　細い身体を、悠然と折りながら彼は応えた。

「おぼえておきますよ」

　捨てぜりふともとれることばを残して、劉妃は裳裾を勢いよくひるがえした。

「――まだ、降参する気はなさそうだな」

　皇后の一行が、完全に見えなくなった後に、低い声がつぶやいた。陳琳は、一行が消えた後をまだ、凝視しながら声にうなずいた。

「自分から罪をお認めになられれば、殿下もまた、お許しになるのも易《やさ》しいかと思いましたが」

「………」

沈黙に、憮然とした表情があった。

「大家のおことばを、お忘れですか。殿下」

「わかっている」

物陰から、ようやく少年の姿が現れた。

陳琳は、少年が櫃の中から現れた、昨夜の情景を連想していた。

櫃の中には、調べられた時のために、いちおう夜具もはいっていた。その真綿の間で息を詰めていた受益は、外気に触れたとたん、頭を激しく振って息を大きくついた。

外は、もう夏の気配が漂っている。夜とはいえ、櫃の内部の暑さはどれほどだったか。うっすら額に汗をうかべながら、受益は微動すらせずに耐えていたのだ。

反動で、手足を振り回したくなったのも無理はない。それでなくとも乱れていた髪が、それでざんばらになった。せっかくつけていた小冠もその拍子に落ちて、後で陳琳の手を借りた。

いちおう、御前に出てもはずかしくない絹の袍《ほう》に着替えてはいたが、旅の塵埃《じんあい》はそのま、桃花源で最後につけたという傷が頰に走っている。だが、少年は恥じることもなくためらうでもなく、そしてことさらに肩ひじ張るでもなく、ごく自然に帝の枕もとに立ったのだ。

病のためか心労のためか、帝はここのところ、眠れぬ夜が続いていたという。だから、目醒《めざ》めておられはしたが、この事態は青天の霹靂《へきれき》にもひとしかったはずだ。

だが、

「受益か」

ひとこと、落ち着いた声を帝はあげた。

現れるはずの人間が、現れた。当然のことを当然のごとくうけとめた声だった。それが、ひどく八大王に似ていると、受益は思った。

むろん、ふたりは初対面ではない。叔父と甥としては、何度も顔をあわせている。しかし受益にしてみれば、今までは事情を知ってはいても、あくまで父は八大王ひとりという意識の方が強かったのだ。帝にしても、長い間、疑ってはいたのだろうが、確信が持てたのはこの夜が初めてだったのにちがいない。

「このような夜分、ご宸襟《しんきん》をおさわがせいたし――」

「よい、無用のあいさつはぬきじゃ」

声は細かったが、意思の力までは失っていなかった。

病中と公式には伝えられていた受益が、こんな夜分に、しかも非常手段をとってここまでやってきたことで、その用件の予測はついたのだろう。いや、推測に裏づけが与えられたといってもよい。

帝は、ゆっくりと口を開いた。

「朕《ちん》が聞きたいのは、ただひとことじゃ。朕のあとを継いでくれようか」

「――是《はい》」

簡潔な問いには万感の思いがこもり、受益の一言には千斤の重みがあった。

「よく申してくれた」

安堵の深い嘆息が、幾重《いくえ》もの紗《しゃ》を振動させた。

「――あれは息災であったか」

あれ、が誰をさすか、わからないわけではないが、受益は返答につまった。息災とは、とてもではないがいい難い。

「朕には合わせるかんばせなどないが――命長らえておったのならば、その一事に免じてやってはくれぬか」

誰を、ということばは必要なかった。

受益は、沈黙で応えた。返答ができなかった。

劉妃に対する憤《いきどお》り、父の甘さ、優柔不断さに対する歯がゆさ、李妃を見いだすまでの旅の苦労。それが一気に脳裏にひろがっていく。だが、

「朕が悪かったのじゃ。男子を得たという報告の直後に、妖《あや》しい話を聞かされた。その落胆と怒りのあまり、小細工を見抜けなんだ。あれが消え失せ、時を同じくして八大王から長子を得た旨を報告されてようやく、もしやと気がついたのじゃ。朕が、もっと早く気づけばよかった。朕に責任があるのじゃ」

帝のことばを聞いているうちに、次第に、受益はおのれの胸が静まっていくのを感じていた。旅に黙って送りだしてくれたのは、八大王夫妻の寛容だったではないか。寄る辺ない嬰児《あかご》をむかえとって、なに不自由なく――それどころか、帝位に就いても恥ずかしくないほどに育てあげてくれたのも、狄妃の慈愛ではなかったか。

それに比べれば、今後の安全さえ確保できるなら、女ひとりの存在に目をつむることなど、たやすいことではないか。

「――他の者の追及は、私に任せていただけますでしょうか」

そういう表現で、受益は父の要請に応えた。

「まかせよう」

満足そうな声がもどってきた。

受益の、この判断に満意を示したのではない。彼の判断力、自制力、そして決断力に全幅の信頼があずけられたのだった。

やりとりの一部始終を、そして凜と顔をあげて応対する受益の姿を、陳琳は見守っていたのだった。

腕の中に収まっていた嬰児が、今はみあげるほどの長身である。一人前の口をきき――

そして、一人前以上の人物に成長しているのが、とてつもない不思議だった。

それからほぼひと晩、結局、魯宗道をも加えて、これまでのいきさつ、旅の話、そして今後の手順などを話しこんでいる。

その後、白昼、光の下で見た受益がまた、陳琳をあらためて感激させたものだった。

「そう、いつまでもじろじろと見ないでくれないか」

苦笑で、受益は陳琳の視線をさえぎった。

「命の恩人に、こういうのは申しわけないが、見られるのは慣れてない」

「申しわけございませぬ。つい――」

「謝ることはない。それに、そんな悠長なことをいっている暇は、まだないぞ」

「承知しております。さて、雷允恭どのの処遇を、娘子がどうなさいますか」

「牢内に目を光らせろ。なんとしても、あいつの自白がほしい。あとでいい逃れができない形で、なるべく多くの者に聞かせる方法でな」

「それにつきましては、八王爺のお屋敷の方から、刑部《ぎょうぶ》に人が遣《つか》わされておるそうでございます」

「包希仁のことだろう。あの知恵者が、どこまでやってくれるかな」

むろん、今は一書生にすぎない希仁に、なんの権限もない。だが、たとえば役人には幕僚だの僚友だのといった、私的秘書がついていて、彼らには公式の地位などないのがふつうである。だから刑部の某の幕僚に、希仁が臨時になったところで、形式上、なんの不自然もないわけだし、公の地位がなくとも、その立場から助言という形でいくらでも指示が出せるわけである。

もちろん、刑部には通達がくだっている。

「しばらくは、静観していただきます」

と、おしかけ幕僚は、遠慮会釈なく牢役人たちに命じた。

「ただし、食事には細心の注意を。外からの物は、絶対に与えぬこと。内で用意した物も、必ず二度以上、一部を犬に与えてようすを見ること」

毒を警戒したのである。

雷允恭は、牢内ではひどくおとなしかった。

恐ろしい思いをして、目が醒めてみれば暗く汚い牢内である。おまけに、容疑が呪詛と知らされて、それは違うといいたいのも当然である。だが、否定するためには、本来の目的をいわねばならず、そうなると劉妃の名も必然的に出すことになるのだ。

彼をこの牢から解きはなってくれる権力を持つのも、劉妃ひとりとなれば、貝のように口を閉ざすしかない。

脚の傷が悪化していたが、それも訴えることなく、壁にむかって終日、ぶつぶつとなにやらつぶやくのみで、とりたてての抗弁は行わなかった。

その一方で、一日に何度か、紙と筆を要求した。書いたものを、劉妃に届けるようにと牢番に頼みこんでいる。

希仁は、手紙をそのまま宮城へ届けさせた。確かな情報では、あの夜以来、劉妃は病がぶりかえして引きこもっているとのこと。ことさら、謹慎を申しわたすまでのこともなく、手の出せない状態であるらしい。

手紙が、宮城内でどう処理されるかまでは、希仁の関知するところではない。動きがとれずいらだっているらしい劉妃が、そんな手紙をうけとってどう感じるかも、知ったことではないというわけだ。

三日目に雷允恭は、茶を要求した。審理を待つ囚人の分際でそんな贅沢は認められぬと、水を与えられた直後、喉をかきむしって苦しみだした。

手当は、早かった。

牢付きの医師が、異変の兆《きざ》しが見えたとたんに走り入って来、すぐに吐かせて薬を呑ませた。

「あぶないところでございましたな」

医者は細い髭《ひげ》をひねりながら、息も絶え絶えの雷允恭に告げる。

「それにしても、水に当たるとは、なんともお気の毒な。この牢の他の者は、なんともないというのに」

「そ、某《それがし》だけ、こんな目に逢うたと申すか」

「失礼ながら、だれかに恨まれておられるということはございますか、太監」

「――い、いや」

返答の前の短い逡巡《しゅんじゅん》が、言葉を裏切っていた。

「そうでしょうなあ」

医者は気づかないふりをして、うなずく。

「太監は、宮中深くにおられて、世間とは無関係な方。なにかあるとすれば、禁裏での話でしょうが、さて、おそれおおいことながら、娘子はただいま、ご不予ということですし」

「お、お悪いのか」

「噂でございますが、なんでも夜分、ひどくうなされ申しあげるのだとか。昔、死んだ宮女の魂が、悪さをしておるのだとかいう話もございます」

それを聞くと、雷允恭もさっと顔色を変えて、

「そ、その噂なら、某も聞いた」

獄卒たちが無責任に、ただし、ひそひそと声を落として話しているのを、雷允恭は聞き耳をたてて知ったのだ。もっとも、わざと聞こえるところで内緒話をしているとは、さす

がに気がつかない。

「ま、まことか、それは」

「さて、私らのような、貧乏な牢医者にはしょせん、無縁の話ですから」

「そ、そうであろう。それはそうだ」

「どちらにしても、幽魂が毒を水に混ぜたりはできませんから、関係はございませんでしょう。さ、この薬湯をお飲みください」

むっとする匂いの椀をつきつけて、医者はにこりと笑った。おずおずと呑んだ薬は、口が曲がりそうに苦かったが、心に疼《うず》くものを持っている雷允恭は、ほとんど気にもとめなかった。

舌を刺す味を感じて、さすがにおやと思ったらしいが、ほんとうに異変に気づいたのは、視界がかすみかけてからのことだった。

「これは、どうしたことだ」

「毒ではございませぬ。ご安心を。少し眠くなるだけで――」

医者のことばのなかばで、雷允恭はあっさりと深い眠りに落ちていた。

彼が再び目醒めたのは、牢内の院子《にわ》の中央である。何故か正面には几《つくえ》が据えられ、周囲には棒だの槍だのを携えた獄卒が、ずらりと居並んでいる。

どうやら、牢の神を祀《まつ》った獄神廟の前の院子らしい。

これは取り調べかと思ったが、どうもようすが妙だ。真夜中らしいのに、灯火がふたつみっつしか点っていないことやら、獄卒どもの顔に見おぼえのあるのがひとりもいないのやらはよいとしても、几の向こうのいかめしく威儀を正した判官の姿が、絵巻物などで見る閻羅王《えんらおう》そっくりではないか。顔色など、青黒くて、とてもではないが生きた人間のものではない。

ぞっとした瞬間に、生臭い突風がその場に吹きこんできた。思わず、脂肪太りの指でわれと我が身を抱いたとたん、

『雷太監にお願い申しあげます』

細いほそい、すすり泣くような女の声がたちのぼったのである。

「だ、だれじゃ」

『私をお忘れでございますか』

片隅の薄闇の中に、宮仕え風の衣装をまとった女がひとり、たたずんでいた。その姿を見るや、

「そ、そなた、寇宮娥《こうきゅうが》。またしても――」

雷允恭は反射的に叫んで、のけぞった。顔は両手で被ったまま、はっきりとは見えないが、彼には思いあたるふしがあったのだ。

『そのとおりでございます』

すこし上げた顔の白さが、闇の中に浮きたった。

「おのれ、迷うて出たか」

『お呼びだしになられたのは、雷太監でございます。冤《むじつ》で死んだ私の魂は訴えるところもなく、裁きも受けられず、従って転生させられることもなく、さまよっておりました。過日、思いもかけず、この世に呼び出していただきまして、現世をさまよっておりましたところを、閻羅王さまに捕らえられ、ようやく事情を訴えることができました。雷太監、ご証言くださいまし。私は寿命でもなく、自ら死を選んだのでもないと』

縷々《るる》と訴える声が、細く低く、妙に空虚な印象のある院子《にわ》の底に響く。これは、ほんとうに地獄の法廷かと、雷允恭はぞっとした。

「し、知らぬ。儂は知らぬぞ」

『知らぬとは、情けないことを。私を縛り上げ、御子をどこへやったと責めぬいたあげく、どうしても口を開かぬとわかるとくびり殺したのは、太監ご自身ではございませぬか。私の脚に錘《おもり》をつけて、宮城の池に沈められたのも、太監の御手ではございませぬか』

「そ、そんなことは知らぬ」

『隠さないでくださいまし。太監おひとりに祟るつもりはございませぬ。いえ、現世の人に祟ってはならぬとの、閻羅王さまのご命令でございます。ただ、私は私の死んだ状況をご証言いただきたいだけなのでございます。正直におっしゃっていただければ、私は生まれ変わらせていただけますし、太監も無事に現世におもどしいただけます』

「――――」

『これ、雷允恭とやら』

雷か銅鑼《どら》のような声が、頭の上から突然に降った。

『この審理の場では、虚言《うそ》も沈黙も許さぬぞ。ありていに申せ。でなければ、このまま当地に留め置くぞ』

閻羅王の恫喝であった。

『それとも、雷允恭、その方もしや、誰かをかばっておるのか』

ぎくりとしたところに、たたみかけるように。

『かばっても、無駄じゃ。あの女ならば、毎夜、こちらで責めをうけておる。自白するのもはや時間の問題。あの女の罪は、寇宮娥の殺害を命じただけではない。玉辰宮《ぎょくしんぐう》の李妃殿下を陥れたこと、そしてその方を毒害しようとしたことも、立派な罪状としてあがっておるのだぞ』

「――そ、そんな」

絞め殺されそうな声があがった。

「まさか、娘子が某《それがし》を」

『虚言《うそ》だと申すか。胸に手を置いて、これまでのいきさつをつらつら、思いかえしてみるがよい』

考える必要は、あまりなかったようである。

「そんな。あんまりじゃ。某が娘子に何をしたと。すべて、娘子の御為《おんため》に働いたのではないか。それなのに今になって――」

雷允恭は、おいおいと泣き出してしまった。

『人間とはそのようなものじゃ。都合が悪くなると、手足ですら切り捨てる。まして、その方は劉妃にとって都合の悪いことを知り過ぎておる。いいかげんに、目を醒ますがよい。これ以上、義理だてしても、その方が報いられることはないであろう』

「も、申しあげ、申しあげます。たしかに、某は宮女の寇氏を害して、池に沈めました。しかし、それはすべて、娘子の――当時は金華宮《きんかきゅう》におわしました劉妃さまのご指示。某は逆らいようがなかったのでございます」

一度、堰《せき》を切ると、もうあとは洪水のようなものだった。

『確かか』

「いつわりは、ございませぬ」

『なにゆえ、かよわい宮女をそのような目にあわせた』

「申しあげます。寇氏は劉妃の侍女でありながら、玉辰宮李妃に味方して、李妃が生みまいらせた御子をいずこかに隠してしまったからにございます」

『妙ではないか。それでは、寇氏は李妃に対して、悪事を働いたことになる。それを、李妃の味方とはどういう意味か』

「劉妃さまは、李妃さまを陥れるために、御子を猫の仔とすりかえ、妖《あやかし》を演出なされたのでございます。御子は、とり捨てるようにとのご指示でございました。それを、寇氏がお助け申したのでございます」

『御子の行方は』

「長らく、知れませなんだが、過日、八大王家にご存命と知れました。仲介した者の名は某も存じませぬが——害したてまつってはおりませぬ。どうか、ご寛恕《かんじょ》を」

『それは、結果であろう。当時、なにもわからぬ嬰児相手に、心が痛まなかったと申すか、その方は』

「痛みました。痛みました。しかしながら、劉妃さまのご命令には、背きがたく——。それに劉妃さまは、某にお約束くださいました。いずれ、とてつもない宝物を手に入れる、その暁《あかつき》には、某にもその余得をわけてくださるほどにと」

『宝物とは』

「桃花源と申す秘境には、汲めども尽きぬ生命のもとのようなものがあって、不老不死になれると。亡くなった者さえ、甦らせることができると」

『不埒者《ふらちもの》め。人の生死はこの閻羅王が司《つかさど》っておる。その方らの勝手にはならぬ』

「某たち宦官は、子孫がおりませぬ。故に、かわりに長命を願っただけでございます。どうぞ、お慈悲を」

『なるほど、一理はある。ならば、寇氏の事情もこれで明白となった故、寇氏は免罪。ただちに生まれ変わらせよう。また、証言に免じて雷允恭もこのまま、寿命まで生かすこととして現世へ送り返すが――もうひとつ、審理せねばならぬ件がある。うしろを向け』

おそるおそる、首だけをねじまげたところに、またひとり、ほっそりとした女が立っていた。

これまた顔ははっきりと見えないが、こちらは粗末な衣服を身にまとい、痩せ衰えた姿である。これを見たとたん、

「ひ――」

雷允恭は、ふたたび腰を抜かした。どうやら、習い性になってしまったらしい。

「お許しを。李妃さま、どうぞお許しを。某のせいではございませぬ――」

『これ、不埒者めが。なにを申す』

閻羅王の一喝が下る。

『このような貧婦が、玉辰宮李妃殿下であろうはずがなかろう。これまでのその方の言い分に沿えば、李妃とはすなわち、今上《きんじょう》陛下の唯一の御子の御母君。国母《こくも》ともなる御方ではないか』

「し、しかしながら」

『実はこの女もそう申したてておるのだが、証拠がない故に、その方に問うておるのだ。まちがいはないか。よく見るがよい』

うながされて、雷允恭は首だけを伸ばして婦人を観察する。婦人はただ、だまってその場にたたずんでいるのみ。その瞳が堅く閉じられているのを確認して、

「まちがいはございませぬ。このお方は、李妃さまでございます。しかしながら、害したてまつったのは、某ではございませぬ。崔秋先と申す怪しげな老人めが、左道《さどう》の術をもってして、桃花源の内部に置き去りにした故に――」

『そのようなことは、問うておらぬ』

懸命の抗弁は、あっさりと切って捨てられた。と同時に、周囲にひとつふたつと、灯火が増えていく。

『もうひとつ申せば、いまだ、李妃さまは亡くなられておらぬ』

「は――？」

告げられてあげた顔こそ、見物だった。

「い、今、なんと？」

「李妃さまは、亡くなられておらぬ。生きておいでだ。その方と同様にな」

閻羅王の声から、それまでかかっていた奇妙な余韻がなくなった。几《つくえ》のあたりが明るく

なるにつれて、その姿が縮んでいくように見えた。本来は等身大のものが、照明の微妙な効果で大きく見せかけられていたのだとわかったのは、閻羅王がみずからあご髯に手をかけて、ぱりぱりと剝がした時だった。

「な、なんじゃと――！」

髯の下からは、端正な男の顔が現れたのだ。整ってはいるが、あきらかに生きた人間の顔であり、生きた人のものとは思えなかった顔色は、芝居化粧の顔料である。衣装は、芝居用の安っぽい代物だ。

さては――と、ふりむいたところでは、寇氏と思いこんでいた女が、ひとりの青年の手にたすけ起こされている。

「ご苦労でした、史鳳《しほう》姐さん」

「お役にたてて、幸せでございます」

寇宮娥とは似ても似つかない女――だが、見おぼえがないわけではない。桃花源へとも紛《まぎ》れこんだ一行の中にいた、何史鳳とやらいう妓女ではないか。

そういえば、たすけ起こした白面《はくめん》の書生は、たしか包希仁といった。白戴星の――いや、八大王家の大公子《だいこうし》についてまわって、いろいろと邪魔をしてくれた若僧だ。

そういえば、桃花源に到る直前に、傷の治療とひきかえに、このいきさつをぺらぺらと白状してしまったおぼえがある。桃花源に置き去りにして、もはや現世にはもどって来られまいとたかをくっていたのだが──。

「きさまら──はかりおったな」

巨体と脚の傷にもかかわらず、雷允恭の身体は一尺（約三十センチ）ほど、跳ね上がったように見えた。

「控えるがよい、雷允恭！」

先ほどの閻羅王の声よりも、はるかに気迫のこもった声が、一座を支配した。

「は、八王爺」

獄卒の列のさらにうしろに、威儀を正した人物が数人、この場の一部始終を見ていたのだ。その中のひとりが、八大王だったのである。

「もう、いい逃れはできぬ。そなたの仕業は、すべてこの場にある者が聞いた。あきらめて、神妙にせよ」

「し、しかし、某はだまされて──」

「そう、閻羅王に申してみるか」

と、正面の几の前の人物をみやる。

顔料をぬぐった男は、にこりと目線で笑って会釈をしてみせた。

「この者は、府下の人気役者で張七聖《ちょうしちせい》と申す。たしかにこの者は閻羅の偽物だが、だまされたにせよ、そなた、張七聖を本物と信じて白状したのではないか。それを虚言だと申すなら、今度、本物の前に出た時にはなんとい逃れをする気だ。そなたの死罪は、確定したも同然なのだぞ」

「おそれながら――しかしながら、証人がございませぬ。八王爺以外は、役者風情に妓女、落第書生――」

とたんに、八大王は哄笑して、

「聞かれたか、皆。ここにおるのは、とるにたらぬ卑しい者ばかりだから、黙らせておけると申しておるぞ、丁公」

「――え？」

「丁公言どの、お顔を見せられよ」

丁謂の、気まずそうに上目がちな表情を見て、雷允恭は敗北を知った。丁謂が、彼らを見放して、八大王側にねがえったのだ。あらかたの情報が、筒抜けになったにちがいない。もう、恨む気力もなくなった。

「他にも、魯宗道、王曽《おうそう》、その他、朝廷のお歴々が顔をそろえておられる。これで、雷太監の罪、ならびに、李妃殿下の身の証はたちましたな」

「たしかに」

と、魯宗道が真っ先に点頭する。つられたように、他の数人も同意した。

「――そ、某《それがし》ばかりが悪いのではございませぬ。すべて、娘子のご命令でございました。

某を罪に落とされるのならば、娘子も、そこにおいでの丁公も――」

丁謂がさっと顔色を変えたが、この場を総《す》べる八大王はいっさい動じなかった。すくなくとも、十七年前の李妃の事件に関しては、丁謂は無罪と知れているからだ。それ以上のことを追及する場は、ここではない。

「命乞いがかなわぬとなると、他の者を道連れにする気か」

と、一蹴《いっしゅう》されて、ついに雷允恭も根が尽きた。

「お許しを。せめて、お慈悲を」

「連れていけ。ただし、手荒に扱うな。どうせ長い命ではない」

全身の力が抜け落ちて、脂肪の塊と化した雷允恭の巨体は、獄卒が五人がかりでも持ち上げきれず、なかばひきずりながら牢の方向へ消えていった。

ほっと安堵の息が支配するその場で、

「このような場に、お引き出し申しあげまして、まことに申しわけございません。責めは私がすべて引き受けます故、いかようにもお叱りのほどを」

と、最初に頭を下げたのは包希仁。

「あやまらねばならぬのは、わたくしの方でございます」

見えぬ目を伏せて、李妃はつぶやいた。

「わたくしがあの折り、黙って罪に服していたらこのような騒ぎにはなりませんでしたものを」

「なにを仰せられます。妃殿下がご無事であったればこそ、公子も――いえ、殿下も晴れて、太子に立たれるのではございませんか」

「でも、劉妃さまの御身は、いかがあいなりましょう。それが心苦しくてなりません」

希仁は、嘆息とともに答えた。

「表だって罪に問われることは、ございませんでしょう」

「まことですか？」

「上が、殿下に仰せつけられたそうにございます」

罪は雷允恭ひとりにおしつけて、事をなるべく小さく収めるというのである。卑怯なようにも思えるが、寇氏を直接手にかけただけでも、十分死罪の理由にはなるので、致し方あるまい。

（それに――）

と、希仁は腹の中でつぶやいていた。

（どうせ、罪が赦《ゆる》されるのは表向きのことだけだろう）

劉妃の下《もと》を狄妃が訪れたのは、雷允恭が白状に及んだ翌朝のことである。

すでに、雷允恭が罪に服した旨の報告は届けられたはずだが、くわしい内容は微妙に伏せておかれたはずだった。

だが、

「お見舞いに――いえ、謝罪に参上いたしました」

その狄妃の声音だけで、劉妃はいっさいの事情をさとったにちがいない。

すくなくとも、同じ城内のことだ。受益の開封帰還と皇城入りはすでに伝わっていたはずだ。本人は床を離れられなくとも、侍女はいくらでも周囲にいる。現に、数人の侍女が房の隅に、不安そうに肩を寄せている。

劉妃は、何重にもおろした御簾と紗幕は上げさせなかったが、意外にしっかりとした声で応答はした。

「妾に、謝るといわれますのね」

声はかすかに笑っていたが、皮肉はふくまれていなかった。

「むしろ、謝らねばならぬのは妾の方でした。それをご存知の上で、そう仰せになるのですか？」

「何を指しておられますのでしょう」

「大公子を害し申しあげようとしたこと、一度や二度ではありませんでした。八王爺を二公子もろとも狙ったことも、狄妃さまを巻き添えにしてもかまわぬと思いましたのですよ」

「だいたいのことは、察しております」

狄妃は、動じない。

「それは、お互いさまでございました。わたくしも、娘子のお気を逸らすために虚言《うそ》を申しました。受益を排除して、弟をたてたいなどと」

「――でも、なかばは本心だったのではありませんか」

「いえ、少しも」

狄妃は、笑っていった。

ほんとうに、一度もそんなことを考えたことがなかった。

「まことですか？」

「まことです」

「――何故。わが子でもない子を、それほどまでに。それほど、可愛いお子でしたか？」

「とんでもない。受益ときた日には嬰児のころは毎夜、夜泣きをして、わたくしは眠る暇もございませんでした。孩子《こども》の頃はきかん気で悪戯《いたずら》ばかりして、家の者らに手を焼かせましたし、長じてからは――もう、申しあげてもよろしいかと思いますが、勝手に邸第《やしき》を出てあちらこちらと飛びまわって、どれほど心配させられたことか」

陳琳には立派に成人したと見える受益も、狄妃にかかれば、形無《かたな》しである。

「それでなお、なぜ、大公子をあれほどに？」

「さあ、何故でございましょう。すくなくとも、受益はわたくしどもの信頼だけは裏切ったことがございませんでした。そのためかもしれません」

「――もし」

低い声が、御簾の下をくぐって流れ出た。

「もし、妾がご信頼申していたら」

「はい？」

「妾がお育て申しあげていたら、やはり、妾になつき、信頼してくださっていたでしょうか」

「きっと」

狄妃は、確信をもって答えた。

「受益はそういう子です。このたびの件も――水に流すと」

深い沈黙が流れた。

やがて、長い長い嘆息とともに、

「大公子が、ご自身で、そう仰せられたのですか」

「大家が、そうご要請になられたそうでございます」

「でも――ご承知、くださったわけですね」

「はい」

「そう――」

ことばとことばの間の深い吐息に、狄妃はさてはと感じた。

罪を許すといっても、なにもかもがなかったことになるわけではない。劉妃の行動には厳しい制限がつくのは確実で、体のいい幽閉という公算も高い。そんな事態に、劉妃が耐えられるはずもない。

「では、大公子に――いえ、東宮殿下に、感謝申しあげると、お伝えください。ただ、妾には大家にも東宮にも、他の方々にも会わせる顔がございませぬので、お目にかからずにお別れ申しあげます、と――」

「娘子――」

侍女たちが、すすり泣きをはじめた。

狄妃は、かまわず御簾と紗とを跳ね上げて、劉妃の枕もとへ走り寄った。

「おのれの始末は、おのれで、つけます。たとえ大公子が赦してくださったとしても、事が敗《やぶ》れた以上、生きて、恥をさらしたくはありません。これは、妾の意地です」

青い顔が、狄妃を見あげていた。

種類はわからないが、毒をあおいだにちがいない。手おくれであることは、ひと目でわかった。これでは、手当をしても苦しみを長引かせるだけだと、狄妃は判断した。

「わかりました。お医師は呼びませんわ」

いいながら、劉妃の手をとった。次第に冷たくなっていく指で、劉妃は狄妃にしがみついた。

「――御身なら、わかってくれると思いました」

ようやく、満足そうに劉妃は微笑んだ。

口もとに微笑を残したまま、しずかに息が消えていくのを、狄妃は最後まで見守っていた。

第六章　追夢《ついむ》

窓の下を、砂糖氷雪《さとうひょうせつ》を売る声がゆっくりと通っていった。氷に砂糖をまぶしただけの嗜好品だが、時は真夏とあって、飛ぶように売れていく。

開封《かいふう》の街は、気怠《けだる》い日盛りの中にあった。

外はじりじりと焼けるような暑さ、眩《まぶ》しさである。

だが、仁和店《にんわてん》の正店（本店）は、開封でも一、二を争う格式の酒楼とあって、客のために風通しをよくし、あちらこちらに氷柱をたてるという心づかいをみせている。窓ごとには簾《すだれ》を下ろして深い日陰を作り、酒も、注文に応じて歯に沁《し》みとおるほどに冷やして供してくる。

その、冷たい酒の何十杯目かをあおった時に、ようやく相手の客が階段をのぼってくる足音が聞こえた。

「やあ」

白い衣服に似合いのあっさりとした笑顔で戸口に現れたかと思うと、半刻（約一時間）近くの遅刻を、たったひとことの挨拶で片づけて、包希仁《ほうきじん》は席についた。

「それだけか」

卓《つくえ》の一方から、不機嫌な声があがるのも当然である。

「それだけ、とは？」

「人を待たせておいて、挨拶はそれだけか。言い訳はないのか」

「言い訳をしたら、聞いてくれますか？」

あいかわらず人をくった顔でにこりと笑うと、希仁は杯をとりあげた。

「むしろ、理由を聞きたいのは私の方ですよ。正直、郎君《きみ》が半刻も、じっと待っていてくれるとは思っていませんでしたよ。殷玉堂《いんぎょくどう》どの」

「呼び出したのは、おまえの方だろう」

あきれはてて杯を投げ出したのは、たしかに殷玉堂の鋭角的な顔だった。相当の酒量がはいっているはずだが、酔った気配もみせないのは、さすがである。ただし、機嫌は相当に悪い。

「なに用だ。もう、おまえらと関わるのはごめんだといったはずだぞ」

雷允恭《らいいんきょう》が捕らえられ、処断された直後に、殷玉堂は八大王《はちだいおう》家から姿を消した。用事は済んだ、義理は果たした。これ以上、借りはないというわけである。

「だいたい、どうして俺の居場所がわかった」

行く先を書き置いていくような莫迦《ばか》な真似は、もちろんしていない。だが、希仁は笑って、

「どちらにせよ、郎君《きみ》が東京《とうけい》を出ていくはずがありませんから。あとは、ここの裏の世界をさがせば、すぐにわかりますよ。それに、先だって邏卒《らそつ》の甘《かん》、外号《がいごう》を召伯子《しょうはくし》という男を、往来にさらし者にしたのは郎君でしょう」

数日前、そんな名の小悪党が、悪事を書きならべた紙を貼りつけられて、役所の前に転がされていたのである。上で調べた結果、告発はすべて事実と知れて、今、甘は処断を待つ身である。

「そんな名を、郎君の口から聞いたことがあるといい出されたのは、白公子《はくこうし》——いえ、東宮でした」

ち——という顔を、玉堂は作った。

「ひまなことだ。そんなことまで憶えているのか、あの殿下は」

「自分を裏切った男を、郎君が許すはずがない。してのけたのは、きっと郎君だといわれて、捜しました。たすかりましたよ、こうして逢ってくれると聞いた時には」

「何の用だと、俺は聞いたぞ」

「ひとつは、狄妃《てきひ》さまのご用事です」

また、玉堂は顔をしかめた。

「郎君も、あの夫人は苦手ですか」

と、希仁は笑う。

「むろん、敬服に値する立派なご婦人で、非のうちどころはない。嫌いというわけでは決してないんですが。でも、どうもあの方の前に出ると、身がすくむ。これは、我々だけじゃない、殿下が頭があがらないのは当然として、ことによると八王爺もご同様ではないかと思われる節があるんですよ」

「我々とはなんだ。いっしょにするな」

「では、今から邸第《やしき》へ参上して、狄妃さまに言上する勇気がありますか。礼などは要らぬから、返すと」

「礼――？」

「そちらの借りはなくなったでしょうが、こちらには、あるんですよ。殿下が世話になった――いや、手を焼かせたと仰《おお》せになったんですが、ほんとうは――とにかく、その礼をしていない。かといって、郎君の腕や心意気を金銭で量るような真似はしたくないから、これを、と」

一通の封書を、希仁は卓の上に置いた。

「なんだ」

「お墨付きですよ。何か困ったことがあったら、いつでも八大王家に申し出れば、援助は惜しまぬとの仰せでした。次代のご当主も、このことはご存知ですから」

「ふん」

と、今度ははっきりと鼻で笑って、玉堂は中身も見ずに突き返す。それを、ふたたびさし出して、

「受け取っておいた方がいい。それを使うかどうかは郎君《きみ》の判断です。使うも勝手、使わぬままに終わっても、勝手ですから」

希仁にそういわれて、それでもしばらく迷っていたようだが、やっとふところにねじこんで、

「もうひとつの用事とは、なんだ」

聞くだけきいて、さっさと帰るぞと言外に匂《にお》わせた。

すると、希仁は頭をかきながら、

「いや、別れの席につきあっていただきたいと思いまして」

「別れ？」

「さすがに、いつまでも帰らないわけにもいきませんので。一度、合肥《がっぴ》に帰ります」

廬州《ろしゅう》合肥は、包希仁の故郷である。科挙の最終試験である殿試《でんし》に落ちたまま、連絡もせずもどりもせずだから、故郷の家族もさぞ心配しているだろう。

「いや、両親はすでに亡くなっていますし、兄ふたりはそれぞれ、一家をかまえていますから。やっかい者の部屋住みの私のことなんぞ、心配はしていないと思いますが」

けろりとした顔で、希仁は応《こた》えた。

「なら、次の試験まで東京にいた方がいいんじゃないのか」

希仁は今、八大王家に居候《いそうろう》の身である。とはいえ、大事な公子の恩人だから、下にもおかぬ扱いをうけていて、居心地はよいはずである。勉学を続けるのならば、書物や学者と接触する機会の多い開封にいる方が、なにかと都合がいいのではないだろうか。

しかも、八大王家にいれば衣食の心配もしなくてよい。居候の身を遠慮するような神経は持ちあわせていないはずだし、希仁が本人のいうとおり、故郷では穀潰《ごくつぶ》し扱いなのならば、なおのことだ。

郷試《きょうし》には、一度、合肥にもどらねばならないだろうが、それは三年後のことでよい。

しかし、希仁は首をはっきりと横に振った。

「けじめをつけておきたいんですよ」

「けじめ？」

「ええ。白戴星《たいせい》どのにではなく、太子——ことによったら帝《みかど》としてのあの方に、お仕えしたいので」

「——よくわからんが」

「なれあいたくないんですよ。桃花源への旅をともにした同士だと思えば、殿下にも私にも、甘えが出ないとも限らないでしょう。苦楽をともにした同士だから、これくらいのことは許されるだろう、自分は特別なのだから温情があってしかるべきだ。——それでは、政《まつりごと》はできない。だから、もう一度、白紙の状態から、君臣の関係を築きたいんですよ」

それでも、玉堂はまだ不得要領な顔つきだった。当然のことだ。彼は天下だの政治だのといったことには、興味がない。この先、関わることもない。彼の生きる世界は別にあるからだ。

「理屈っぽい奴だ」

と、ひとこと感想を述べて、玉堂はそれ以上の説明は要求しなかった。

「ともあれ、私は今日、これから帰途につきますので、別宴を」

ちょうど通りかかった大伯(小僧)を呼び止めて、酒と料理を注文し始める。

「ちょっと待て。なんで、俺がおまえに付き合わなけりゃならん」

あわてたのは、見当ちがいなその申し出と、今日という唐突さと、双方にだ。そういえば、旅支度らしい姿をしているのに、玉堂はようやく気づいた。小さいものだが、荷物も携えている。

「代金は、こちらで持ちますが、それでもいけませんか」

「そういう問題じゃない。他にも人はいるだろう。女はどうした」

「史鳳姐《しほうねえ》さんのことでしたら、李妃《りひ》さまにお仕えすることになりました」

「──夫人に？」

「といっても、しばらくの間。とりあえず、御目が回復するまでですが」

「治るのか」

「はい」

──李妃の目が、回復の見こみがあると知れたのは、一件があらかたかたづき、受益《じゅえき》がいったん皇城から下がって来た時だそうだ。

劉妃《りゅうひ》は病死と発表されて、表向きは取りつくろわれた。丁謂《ていい》や実兄の劉美《りゅうび》たちの他には、真相を知る者はごくわずかだったにちがいない。劉妃を罪に問わないというのは、すなわち劉美たちの所業にも目をつぶることを意味する。彼らの安堵と恐懼《きょうく》するさまは、一見の価値があったという。

そのせいもあってか、数日ぶりに再会した受益は、最初、すこぶる機嫌が悪かった。

「おまえ、最初からそのつもりだったな」

希仁の顔を見るなり、そうくってかかったものである。

「そのつもりとは？」

「とぼけるな。最初から、娘子《じょうし》に死を迫ってそれですべて終わりにする気だったな。表向きには赦免しろといっておいて、許す気なんぞなかったんだろう」

「濡れ衣ですよ。私は、人さまになにかを強制したことはありません。それに、娘子にはお目にかかったことも、書簡をやりとりしたことも、誰かに伝言を頼んだこともありません。それで、どうして、そんな真似ができるんですか」

「詭弁《きべん》だ！」

実際には希仁のいうとおりで、反論の余地がないもので、ことさら受益は声を荒げた。

「こうなることを見越して、娘子を見逃せだの寛容が大事だのと、ぬかしたんだろうが」

許すと決めた時は不承不承だったから、言動は矛盾している。だが、殺してやりたいと思った相手でも、いざ、死なれてみると、後味が悪いのだ。それが、受益の不機嫌の最大の原因だった。

そのあたりの機微は百も承知の希仁は、

「——では、うかがいますが、娘子に他に方法がおありだったと思われますか」

あくまで冷静に尋ねた。

「表だって追及されることはなくとも、殿下が太子となり、李妃さまが生母として禁裏にもどられれば、いやでも娘子のかつての所業は皆の知るところとなります。殿下や李妃さまがお赦しになられても、他の者は忘れませんし、折りにふれて後ろ指をさしましょう。そんな状態に殿下が置かれたら、いかがなさいますか」

返答がなかったのは、自分も同じ途《みち》を選ぶと思ったからに相違ない。

「だれのせいでもない。娘子ご自身が招かれた事態です。ご自身の責任で、ご自分の身の始末がおできになるようはからったつもりです。まだ、これでもご不満ですか」

「他の連中は、どうする。罪は全部、雷允恭に背負わせた。娘子は責任をとった。だが、おかげでそれ以上の追及ができなくなったじゃないか。劉美や丁謂、それに銭惟演《せんいえん》を見逃していいのか。少なくとも、銭惟演は宝春《ほうしゅん》の祖父の死に責任があるぞ」

「それを追及するなら、玉堂の罪も裁かねばなりませんが、よろしいですか」

「玉堂は、身をもってつぐなった」

「銭公も、容華鼎《ようかてい》という宝物を失いました。それでもご不満ならば、後日、なにか仕事を課されてはいかがですか。さいわい、あれで文筆には秀でておいでだとか、うかがっています」

「劉美は」

「もともと、妹である娘子のご威光があっての出世です。亡くなってしまえば、もうなにもできません。不正に築いた財や地位を、没収してしまえばすむことです」

希仁の説明は理路整然として、反論の余地がない。表だって断罪はできないが、結果として責任はとるように、きちんと仕組んであるのだ。

「丁公に関しては、李妃さまの事件には無関係ですから、罪に問えません」

「寇萊公《こうらいこう》を陥《おとしい》れた件は」

「それは、丁公と寇萊公との問題でしょう。とにかく現在、帝がご信任になっている方を、とやかくできません。ただ、殿下が登極なさった後に、どう処断されるかは殿下次第です。寇萊公を呼びもどすのも時機を見て」

「それまで、奴がのさばるのを見逃せと」

受益は、なおもくいさがる。

「いい加減になさいませんか」

と、さすがの希仁の表情が、わずかだが険しくなった。

「では、どうせよと仰せですか。一命には、一命をもってつぐなうべきだと仰せですか。彼らすべてを殺し尽くせば、お気がすみますか。それで、なにか得るところがおありですか」

きっぱりと、彼らしくない早口で告げた。

「もう、よろしいではありませんか。殿下は失われたものを、今度の旅ですべて、取りもどされたではありませんか。それ以上は、望まれますな」

「悪かった」

声を落として素直に謝ったのは、希仁の説明に納得したというより、敬称が変わっても、以前とかわらない希仁の遠慮のなさに安心したからのようだった。

「わかってくだされば、よろしいんです。娘子には申しわけありませんが、李妃さまが禁《きん》裏《り》にもどられるためには、これで十分です。問題は、再入宮《さいにゅうぐう》の時期だけですよ」

帝からは、すぐにでも李妃に逢いたいとの要請がきていた。

「しかし、あの御目では」

受益の声は、さがったままだった。

「宮中の煩瑣《はんさ》なしきたりや、人の関係の中で暮らせというのは、お気の毒じゃないだろうか。ご本人もご希望のようだし、どこか静かなところで——いっそ東京を離れて暮らしていただくことも、考えていいんじゃないだろうか」

「ごいっしょに暮らしたくないんですか」

「そんなことはない——」

十七年ぶりにやっと逢えたのだ。母子としては、なにもかもこれからなのだ。同じ屋根の下は無理にしても、身近な場所にいて、いつでも逢えるようにしたい。

だが、それが李妃に過剰な負担をかけるのではないかと、受益は案じていたのだった。

「だったら、とにかく試してみてはいかがですか。御目のことならば、ご心配にはおよびませんから」

「どういうことだ」

希仁の、微笑をふくんだ表情に気づいて、受益はにらみつけてきた。

「まだ、何を隠している」

「隠していたわけじゃないんですよ。お話しするひまもなかったし、確信がありませんでしたので。ですが、李妃さまの御目は回復の余地があるそうです」
「なんだと――」
希仁の襟《えり》をつかんで、受益は詰め寄った。
「なんで、それを早くいわなかった。いや、だいたい、どういうことだ」
「落ち着いてください。だから、完全に失明されていたわけではなかったんですよ。お身体が弱って、視力がひどく低下していたんでしょう。その上、李妃さまは、見えにくいも
のを、無理に目を見張って見ようとなさらず、目を閉じてしまわれたようで」
「じゃ、見えるのか」
「今は無理です。文字を読んだりといった、細かいことは。しかし、光を感じることはお
できになるようです。昼夜の別ぐらいは、今でもおわかりになるはず。しばらく、静かな
場所で静養して、滋養のあるものをお摂《と》りになれば――まったくもと通りというわけには
いきませんが、立ち居振る舞いに不自由のない程度までには回復するだろうと。これは、
太医の診立《みた》てですから、たしかです」
「治るというのか。桃花源ででさえ、癒せなかったものが――」
茫然《ぼうぜん》と、希仁の襟をつかんだまま、受益はつぶやいた。
「いえ、もしかしたら、桃花源に入った時に癒えたのかもしれませんよ。その前を存じあ

げないので、私にはなんともいえませんが」

「いいさ。見えるようになるのなら」

むろん、その診立ては八大王夫妻のもとにも報告されており、視力が回復するまで当分、李妃は八大王家に滞在し続けることになった。

「あまり、うるさくはいたしません。侍女はひとりかふたりにして、その者を通じてご希望をかなえるようにすれば、お気も楽にもっていただけますでしょう。おそばに居るのは、気心が知れて、なおかつ気のきく者がよろしいでしょうね」

という狄妃の意見で、史鳳が李妃の侍女に指名されたのだ。

むろん、妓女あがりの卑しい身だからと、史鳳は固辞したのだが、狄妃の強い勧めに根負けした。

「ひとつには、すでに自分で自分の身を請け出した後であること。なおかつ、花魁《おいらん》とまでいわれた方が、それなりの気働きができないわけがないこと。ひとつには、つらい旅をごいっしょした仲であること。江湖《せけん》の暮らしなど、わたくしどものわからぬことでも、そなたになら、李妃さまも気がねなくお話しになれるのではありませんか」

李妃の苦労を、わずかなりとも理解できるのは、一時とはいえ起居をともにしている史鳳だけだというのだ。

「御目が回復するまででよいのです。せいぜい、一年か二年のことで、李妃さまはいずれ宮中にもどられます。その時には、そなたの好きなようにすればよい。このまま、我が家に仕えてくれてもよいし、外へ出たいというなら、それなりに身の立つようにはからって進ぜましょう」

将来の身のふり方は、その時になって考えればよいと、史鳳も心を決めたらしい。妓女時代からの纏足《てんそく》を解いたのは、その決心のあらわれの一端だった。

そして、八大王家の奥まった一角で、ひっそりとした生活がすでに始まっているのだという。

「――しばらくは、そっとしておくことにしました」

「うまいこと、逃げたな」

玉堂の非難がましい視線を、しかし希仁は微笑でうけとめた。

「そうかもしれません。ですが、焦《あせ》ることはないと思いますよ。私はまだ一布衣《いちほい》の身分ですし、姐さんにも妓楼《ぎろう》暮らしの片鱗《へんりん》が残っています。おたがい、将来の見通しがついてから、あらためて気持ちをたしかめてみてもいいんじゃないでしょうか。下手をすると、ふられているのは私の方かもしれない。宝春にふられた殿下のようにね」

「――宝春？」

少女の名を聞いたとたん、玉堂の視線が鋭くなった。

「どうした」

「出ていきましたよ」

「どこへ、何故。まさか、追い出したわけじゃあるまい」

「狄妃さまが、そんなことをさせると思いますか」

「そりゃ、そうだが」

あらたに酒が運ばれてきた。下酒《さかな》の小皿がひととおり並べられてから、希仁は話を続ける。

「自分から、出ていきましたよ。お屋敷の暮らしは性に合わないからと、振り切って、張七聖《ちょうしちせい》の小屋へ」

雷允恭の審理の時に、閻羅王《えんらおう》に扮した人気役者である。もともと、宝春は旅芸人の一座のひとりで、その親方と張七聖とが旧知の間柄だった。だから、張七聖と宝春も顔見知りで、張が大芝居の主役をひきうけてくれたのも、その縁があったからだ。

本来の一座は、今は都を離れており、事件の最初で唯一の肉親の祖父を失っている宝春は、張七聖の芝居小屋に身を寄せるしかなかった。

もっとも、張七聖は宝春の芸人としての将来をかって、よろこんで迎えてくれたという。

「ところが、そこも出ていったそうで」

「何故だ」

口に運びかけていた杯を止めて、玉堂が尋ねる。

「さあ。以前の一座の方が、居心地がいいという風なことをいっていたそうですが。詳しいことは私にも知りようがなくて」

そっけなく答えて、希仁も酒を口にふくんだ。

実は、八大王家を出ていく直前に、希仁は宝春と話をしている。

「ほんとうに、いいんですか。今、出ていってしまったら、二度と逢えなくなりかねませんよ」

だれに、ということばは敢えて口にしなかった。あらためて訊《き》くまでもなく、宝春が考えた末の結論だということも、承知の上だった。

「君の気持ちは、それとなく察していたつもりでしたが、私の思いちがいでしたか」

「まわりくどいことをいわなくても、いいわよ、希仁さん」

と、宝春は軽く微笑んだ。杏仁型のくっきりとした目が、悪戯《いたずら》っぽい色をうかべた。

「あたし、白公子が好きだったわ。最初はそれほどじゃなかったけど、だんだんとね。だけど、今の公子は白公子じゃないでしょ、つきなみないい方だけど」

「名前は変わっても、中身は同じだと思いますがね」

「でも、立場がちがうわ」

「こんなことを今いうのは、縁起でもないかもしれませんが——お隠れになった娘子は、銀細工の職人の妹でした。李妃さまも、もとは市人《しじん》（庶民）のご出身です」

「あたしが禁裏にあがっても、問題はないっていうの？　あるわよ。まちがえないでね、あたしの方にあるのよ」

花のような、とは、こういう容顔《かお》をいうのだろうと、希仁はひそかに思った。知り合った時にはまだ孩子《こども》っぽかった表情に、少し翳《かげ》が生まれている。その翳が、淡い桃の花の重なりを連想させた。

「あたしは、狭いひとところに閉じこめられるのは、我慢できない。たとえ、好きな人のためでもね」

「宝春」

「それに、あたしひとりってわけにもいかないんでしょう？　それも、我慢ができないの。それが、ふつうだってことはわかっているけどね。だったら、いっそ、李妃さまみたいに行方知れずになってしまった方が、よくはないかと思うのよ。そしたら、ずっと忘れないでいてくれるでしょ？」

「もう、自分でさがしに行くこともできませんしね」

希仁も、笑うしかなかった。

「きっと、悲しむでしょうね。君がいなくなったと知ったら」

「そんなこと、ないと思うわ。そうかといって、それきりよ。ため息のひとつぐらいは、ついてくれると思うけどね」

いかにも受益らしい反応だと、希仁も認めざるを得なかった。

「この先、どうするつもりです」

「わからないわ。ひとりで食べていくぐらいのことは、できると思う」

もともと、宝春は剣舞の名手だった。芸人として、立派にひとり立ちしていける。他人の庇護を必要とする女とは、最初からちがうのだ。

「それに、まるきりひとりってわけじゃないでしょ？　寂しくもないわ」

彼女の身の内にあった李綏花《りすいか》の意識は、桃花源を出た時以来、一度も目醒《めざ》めてはいない。

おそらく、この先、再び現れることもないだろうと、宝春はいう。

「でも、あたしは綏花さんのこと、忘れないと思うわ。だから、もう一度、桃花源をさがしてみてもおもしろいかもしれないわね。それとも、武術の練習をして、漢臣《かんしん》みたいに強くなって、物語に出てくるような俠客《きょうかく》になるって手もあるわね」

「女俠ですか」

「気をつけるように伝えてね。悪い天子さまになったら、あたしが懲らしめに行くからって」

「わざと悪いことをしかねませんよ、そんなことをいったら」

苦笑と冗談にまぎらわして、希仁は話を終わらせた。

宝春が八大王家を出ていったのは、翌日のことである。その三日後には、張七聖の小屋からも姿を消していた。

あとで、希仁から事実だけの報告を聞いた受益《じゅえき》は、宝春の予想どおり、大きく肩で嘆息して、

「そうか」

それきり、何故とも訊《き》かなければ、後を追えともいわなかった。

「なんでだよ。捜しに行けといっとくれよ。おいらが、草の根分けても捜してくるからさ」

「いいんだ。好きにさせてやれ」

あっさりといって、せわしげに歩み去ってしまった。

「ずいぶんと、冷たいね。やっぱり、天子さまになると決まったとたん、人間が変わっちまうのかなあ」

「ちがいますよ」

漢臣が毒づくのを制して、希仁は受益の背中を見送った。最初に出会った時より、肩幅がわずかに広くなったような気がする。おそらく、気のせいだけだろうが。

「あれで、いいんですよ。大事なものを、必ず手近に置かなけりゃならないわけじゃない」

「わからないなあ、おいらには」

「郎君《きみ》には、まだ無理でしょう。郎君は、それでいいんですよ」

まだふくれ面《つら》の漢臣を見やって、希仁は満足気に笑ったものだった。

「──なにを笑っている。気味の悪い」

不機嫌がなおらない玉堂の声で、希仁は回想から現実にひきもどされた。

「いや、漢臣の顔を思いだしていたものですから」

「あんな豎児《がき》の顔を思いだして、なにがおかしい。──まだ、東京にいるのか」

「当分は。なにしろ、狄妃さまのお身内ですし、二公子とすっかり意気投合していますから、大事にされていますよ。ただ、もう少し落ち着いたら、一、二年ばかり、蘇州《そしゅう》へ遣《や》られることになりましたが」

「なんのために」

「むろん、勉学のためです。武芸は一人前ですが、学問の方はいまひとつですからね」

「武芸者に、学問など要るか」

「武将には、必要でしょう。兵法というやつが」

「なんで、蘇州なんだ」

「蘇州には今、そら、郎君《きみ》も知っているでしょう、范仲淹《はんちゅうえん》どのがおいでです。学識は文句のつけようがないし、現在、致仕《ちし》しておいでですから時間はたっぷりある。お願いしたら、ふたつ返事でひきうけてくださいました」

「かわいそうにな」

玉堂の、皮肉とも同情ともとれる口調に、希仁は噴きだした。

「まったく、同感です」

元気がとりえの漢臣が、じっと机の前に座って書物を読むところを想像すれば、こっけいというよりやはり同情したくなる。本人も、抵抗はしたのだが、

「ですが、江南《こうなん》、特に蘇州は食物がうまいといったら、しぶしぶながら承諾しましたよ。あれは、いい武将になると思います。食物の大切さを知っているわけですから」

これは皮肉でも、なんでもない。

玉堂は、微笑を絶やさない希仁の顔をあきれたように見ていたが、あきらめたように小皿の料理に箸をのばした。

揚げた魚や胡餅《こへい》、独活《うど》、蓮《はす》の実といったものが、卓子《つくえ》の上には並んでいる。玉堂にはめずらしくもない品であり場所だが、それでもしばらく開封を留守にしていた後では、なつかしい気さえした。

短い沈黙が落ちたのは、ふたりとも、とりあえず食事の方に注意が向いたせいである。

やがて、

「ひとつだけ、訊いておきたいことがある」

口をひらいたのは、玉堂の方だった。

「なんでしょう」

「容華鼎はどうなった」

「壊れました」

遠慮なく尋ねる玉堂に、希仁もことばを飾らず応えた。あとから注釈を加えて、

「正しくは、殿下が壊されました。あれは、桃花源への入口だ。あれが世の中にあると、第二、第三の娘子や銭公があらわれぬともかぎらない。あとかたもなくしておくのが、一番だと」

「壊れたのか」

「粉々になさいましたよ。そういうことには、遠慮のない方ですし、八大王ご夫妻も賛意を示されましたので」

「しかし、そんなことをして大丈夫か」

「心配の必要はないでしょう。どうも、容華鼎は、ただの通路だったような気がします。桃花源は、この現実とはちがう土地と論理の上にある場所のようでしたし、よしんば消えてなくなったとしても、何か影響がありますか。崔老人や李絳花《りこうか》のことならば、我々以上の力を持っているんです。我々が心配することではないでしょう」

「そうか——」

玉堂は、大きく嘆息した。安堵の吐息に聞こえたのは、希仁の聞きちがいではあるまい。

「正直なところをおまえだけにいうが、後悔していた。あれを、銭惟演の屋敷から外に出してしまったのは俺だ。だが、不老長寿だか仙桃だか知らないが、わけのわからないもの

が内から出てくるような代物は、この世の中にあってはならんものだと思った」

「似たようなことをいいますね」

「だれと」

「殿下ですよ。同じようなことを仰せでした。壺中《こちゅう》仙《せん》だの花精だの、不思議があってもいいかもしれない。だが、仙術や方術では、世の中はなにひとつよくならない――」

「――便利なことも、なくはなかった」

　と、受益も認めた。

「だが、ひと握りの人間のためにしか使われないのなら、結局は、ないのと同じだ」

　希仁にむかって、受益は告げたのだ。

「万民というが、天下には万を超す人間がいて、さまざまな顔をして、さまざまな暮らしをしている。それがわかったとはいわないが、垣間《かいま》見てきたような気はする。それを全部、幸福にするのは無理かもしれない。だが、なるべく多くの人間を救うことは、できるはずだ。そして、それを可能にするのは、仙術のような不確かなもの、特定の人間にしか使えないようなものじゃない」

　人の手、人の知恵、人の想いだと受益はいった。少し気恥ずかしそうに、だが、まっすぐに顔をあげて、

「それを実感してきただけでも、価値はあった。何もわからずに皇城《こうじょう》の奥の人になるよ

りは、すこしはましだろう」

「母君を救い出されたではありませんか。それも、立派なことだと思いますよ」

めずらしく希仁が誉《ほ》めると、受益はいやな顔をして、

「それは、皮肉か」

少し拗《す》ねた。

彼なりに照れたとわかっているから、希仁も、

「そうですよ。考えることがご立派でも、右から左へ忘れるようでは困りますからね」

「忘れるものか。母上が生きておいでだったからといって、八大王家の父母の恩愛を忘れるような真似は、できんだろうが」

「やはり、父母の礼は執《と》りつづけられますか」

劉妃という障害もなくなったことだ、受益は養子ではなく、帝の皇子として立太子され、李妃は皇后として迎えられる。当然、八大王は父ではなく伯父となる。厳格な中国の家族制度に従えば、呼び方、礼の執り方、すべてが変わることになる。

「形式上は、変えることになるだろうさ。だが、気持ちまでは変えられない。おれは、もしかしたらとんでもない果報者かもしれないぞ。天子さまでも親はふたり、というかいい方があるだろう。だが、おれは両親を四人も持っているんだからな——」

——希仁の語る受益の話は、どうも自慢話に聞こえて仕方がない。その希仁に、玉堂は

冷笑を浴びせた。

「なに、名君になんぞ、ならなくていい。まわりの頭の固い老人どもを、少しばかり混乱させてやれれば十分だ」

「それは、保証しますよ」

「立太子は、いつのことになる」

実は、さっきから東宮だの殿下だのと呼んでいるが、まだ正式に太子に立てられたわけではない。

立太子といえば慶事で、仮にも一国の皇后が崩御した直後に行うのはさすがにはばかられるのである。

受益自身もまだ、八大王家にいる。

皇城へは毎日のように参内しているし、政務も、魯宗道《ろそうどう》や陳琳《ちんりん》らに教えられながら、少しずつ勉強をしているが、

「慶事は春夏に行うものですから、来年の春ごろになるでしょう」

帝の病勢が、すこし落ち着いたこともあって、急がずにすみそうだと希仁はいう。どうやら、年内いっぱいは李妃と暮らせるようにという配慮でもあるらしい。

「けっこうなことだ。それで、俺も完全に、あいつと縁切りというわけだ」

本気か、それとも韜晦《とうかい》か、よくわからない口調で玉堂は杯を口に運んだ。

「桃花源だのなんだのという、わけのわからない夢ともな。あれは結局、なんだったんだと思うと、今でも眠れなくなることがある。崔秋先《さいしゅうせん》と李絳花と、どちらが正でどちらが邪だった。どちらが俺たちの味方だったんだ」

「結局、私たちは巻きこまれた——神仙同士のけんかか象棋《しょうぎ》の、手駒のようなものだったんじゃないでしょうか」

「神仙同士？」

「崔という名は、唐《とう》代の物語の中にも出ているんですよ。それによれば、崔は花神の名だそうです」

「——やっぱり、一切、忘れることにしよう」

たてつづけに杯をあおった玉堂を、希仁は笑いながら見ていた。

食事を終えたふたりが、足を相国寺《しょうこくじ》の境内にむけたのは、おたがいに思うことがあったからにちがいない。

この暑さだというのに、境内には露店がならび、人があふれている。食べ物を売る者、愛玩用の動物を扱う者、雑貨を商う者、それをひやかして歩く者。

遠くから、見世物の口上が流れてくる。おやと思ったが、どうやら講談の客集めらしい。演《だ》し物は「説三分《せつさんぶ》」といったところか。

たとえ大道芸の一座がいたところで、宝春がいるはずはない。だが双剣を持って舞っていた宝春の、杏仁型の瞳や黒髪にかざしていた造花、紅《あか》い衣装、そんなものが、思いだそうとしなくとも目の前にうかんできた。

あれが、すべての発端だったと、希仁ががらにもない感慨にふと、たちどまった時だった。

ちいさな、ひそひそとした声が、

「掏摸《すり》だ——！」

背中でささやいたのである。

大声でなければ意味がない警告である。個人相手に注意するにしても、ささやくことはない。何事かとふりむいたところに、

「白公子——」

思わず、そう呼んでしまった。

あの時と、ほとんど変わらない受益の——いや、白戴星の、怒ったような容貌《かお》がそこにあったのだ。

ようやく板についてきた正式の衣冠ではなく、あの日のままの、いかにもそのあたりの花々《かか》公子らしい、くだけた衫《さん》姿である。

さすがに、希仁があわてた。

「いや、殿下——いや、ここでは白公子と呼ぶ方がよろしいでしょうか」

「呼び方なんぞ、どうだっていい」

「しかし、どうしてここがわかりました」

「他人の考えてることがわかるのは、自分だけだと自惚《うぬぼ》れるな」

目を据えて、いい放つ。相当に腹をたてているようで、希仁もいったんは真面目な表情になったが、

「おまえ、天子さまになる練習をしてるんじゃなかったのか」

玉堂のいい方に希仁は笑い出し、戴星はむっとふくれ面をさらにふくらませた。

「そんなもの、抜けだしてきた。そんな顔をするな、母上の許可はもらってきた。心配しなくてもいいが、希仁、おれに無断で帰ろうなんぞ、いい了見をしてるじゃないか」

「八大王さま、ならびに狄妃さまには、きちんとご挨拶を申しあげてきましたが」

「おれに無断だといっている。まったく、どいつもこいつも、自分の用がすんだと思ったら、勝手に姿をくらましやがって」

と、今度は玉堂を目の隅でにらみつけた。

「豎児《がき》じゃあるまいし、いちいち見送りだのなんだのが要るか」

玉堂は、そっぽをむいた。

「礼ぐらいさせてくれても、いいだろうが」

「いらん」

「そうはいかない。おれも、借りは返す」

「取りたてに行ったりせんから、安心しろ」

いわれたとたん、戴星の顔つきがぱっと明るくなった。

「そうか、逆に借りておいて、そのうち、取りにこなけりゃならないような事態に追いこむという手もあるな。なあ、希仁、その時は知恵を貸してくれるだろうな」

「それは、かまいませんが」

「俺に、なにをやらせる気だ」

玉堂がげんなりとしたのは、この暑さのせいばかりではない。

「——なあ、正業に就《つ》けとか、人殺しはやめろとか、説教をする気はない。だが、おれの手助けをしてくれる気はないか。いや、希仁たちのように仕官しろというんじゃない。だが、仕官してしまった連中では目も届かず、手も出せないことがあるのをおれは見てきた。おまえに力を借りたいと思うことが、でてくると思う。そんな時に、少しばかり、頼まれてくれる気にはならないか」

「断る——」

と、玉堂はいう気だった。

二度と、他人のためになど働くつもりはないと思った。殷玉堂ともあろう者が、他人のためについた傷跡がいまだに皮膚に残っているなど、自慢にもならない。

だが——。

「気がむいたら、な」

意に反して、口をついて出たのはそんなことばだったのだ。

「それでいい」

戴星も、それ以上の言質《げんち》をとろうとはしなかった。

これから、この少年は他人のために生きることになる。宋《そう》という大きな国と、その中で暮らす人々に対しての責任を、すべて背負うのだ。こんな若僧がそんな重荷をひきうけられるなら、殷玉堂がたったひとりを助けてやれない道理はないだろう。

「約束の印に、いいものをやろう」

戴星は、少しまぶしそうな顔をした。

「おれの名をやる」

「名？」

「白戴星という奴は、もういない。立太子されたら、受益という名も改めることになる。だから、もう使わない姓をやる。殷というのは、ごろが悪い。白玉堂というのはどうだ。いい名だろう」

ふんと、玉堂は鼻で笑った。

笑ったが、異議は申し立てなかった。

「おまえは、またもどってくるな」

と、戴星は、希仁にむきなおって訊く。

「また、殿試をわざと落ちたら、承知しないからな」

「三年後ですが」

「ご心配なく」

「待ってるからな」

うれしそうに、戴星はうなずいた。

そしてそのまま、あっさりと背をむけて、歩み去ってしまったのだ。

なんだ、あれは、とは、希仁も玉堂もいわない。

希仁を見送るつもりで、出てきたのだろう。だが、見送っていれば、きっと旅への想いがつのってつらくなる。少年はこの先、開封から出ることはないだろう。皇城を出ることすら、稀《まれ》になる。そういう人生を、おのれ自身で選びとったのだとわかっていても、押さえ難い想いというのもあるのだ。

ふたりの青年は、その場にたたずんだまま、じっと少年の背中を見送っていた。

戴星は、雑踏の中、人の声の間をまっすぐに歩いていった。

ほほに、夏の風が当る。

その青い風に一片の紅い花片《はなびら》がのって、戴星のほほをかすめていった。

なんの花だったかは、わからない。気のせいだったかもしれない。
戴星は、一度もふりむかずに、やがて人波の中へ消えていった。

（完）

『桃花源奇譚4　東京残桃夢』一九九六年一月　徳間書店
『桃花源奇譚　東京残桃夢』二〇〇一年三月　中公文庫

中公文庫

新装版《しんそうばん》
桃花源奇譚《とうかげんきたん》4
——東京残桃夢《とうけいざんとうむ》

2001年3月25日　初版発行
2022年9月25日　改版発行

著　者　井上祐美子《いのうえゆみこ》

発行者　安部順一

発行所　中央公論新社
〒100-8152　東京都千代田区大手町1-7-1
電話　販売 03-5299-1730　編集 03-5299-1890
URL https://www.chuko.co.jp/

ＤＴＰ　平面惑星
印　刷　大日本印刷
製　本　大日本印刷

Published by CHUOKORON-SHINSHA, INC.
Printed in Japan　ISBN978-4-12-207255-8 C1193

中公文庫既刊より

各書目の下段の数字はISBNコードです。978-4-12が省略してあります。

た-13-5
十三妹《シイサンメイ》
武田泰淳

強くて美貌でしっかり者。女賊として名を轟かせた十三妹は、良家の奥方に落ち着いたはずだったが……中国古典に取材した痛快新聞小説。〈解説〉田中芳樹

204020-5

た-13-7
淫女と豪傑　武田泰淳中国小説集
武田泰淳

中国古典への耽溺、大陸風景への深い愛着から生まれた、血と官能に満ちた淫女・豪傑の物語。評論一篇を含む九作を収録。〈解説〉高崎俊夫

205744-9

み-36-7
草原の風（上）
宮城谷昌光

三国時代よりさかのぼること二百年。劉邦の子孫にて、勇武の将軍、古代中国の精華・後漢王朝を打ち立てた光武帝・劉秀の若き日々を鮮やかに描く。

205839-2

み-36-8
草原の風（中）
宮城谷昌光

三国時代に比肩する群雄割拠の時代、天下に乱立する英傑と鮮やかな戦いを重ね、天下統一へ地歩を固める劉秀。天性の将軍・光武帝の躍動の日々を描く！

205852-1

み-36-9
草原の風（下）
宮城谷昌光

いよいよ天子として立つ劉秀。その磁力に引き寄せられるように、多くの武将、知将が集結する。光武帝の後漢建国の物語、堂々完結！〈解説〉湯川　豊

205860-6

み-36-11
呉　漢（上）
宮城谷昌光

貧家に生まれた呉漢は、運命の変転により、天下統一を目指す劉秀の将となるが……。後漢を建国し、中国統一を果たした光武帝が最も信頼した武将を描く。

206805-6

み-36-12
呉　漢（下）
宮城谷昌光

王莽の圧政に叛旗を翻す武将たちとの戦いの中で、光武帝・劉秀の信頼を得た呉漢。天下の平定と光武帝のためにすべてを捧げた生涯を描く。〈解説〉湯川　豊

206806-3

各書目の下段の数字はISBNコードです。978－4－12が省略してあります。

た-57-14
新装版 風よ、万里を翔《か》けよ 田中芳樹
隋朝末期、戦場をかけた男装の美少女がいた。北に高句麗を征し、南に賊軍を討つ――落日の隋帝国を支えて勇戦した伝説の佳人・花木蘭を描く中国歴史長篇。
206234-4

S-16-9
中国文明の歴史9 清帝国の繁栄 宮崎市定責任編集
十八世紀は比類ない繁栄をもたらした清王朝の黄金時代であった。しかし盛者必衰の法則にもれず、やがて没落と衰亡の前兆が……。〈解説〉礪波護
203737-3

S-16-11
中国文明の歴史11 中国のめざめ 宮崎市定責任編集
清朝の三百年の統治は遂に破綻をきたし、この腐敗混迷を救うべく孫文が立ちあがる。かくして辛亥革命は成功し、北伐がはじまる。〈解説〉礪波護
203763-2

み-22-11
雍《よう》正《せい》帝《てい》 中国の独裁君主 宮崎市定
康熙帝の治政を承け中国の独裁政治の完成者となった雍正帝。その生き方から問う、東洋的専制君主とは？「雍正硃批諭旨解題」併録。〈解説〉礪波護
202602-5

み-22-18
科挙 中国の試験地獄 宮崎市定
二万人を収容する南京の貢院に各地の秀才が集ってくる。老人も少なくない。完備しきった制度の裏の悲しみと喜びを描き凄惨な試験地獄の本質を衝く。
204170-7

み-22-19
隋の煬帝《ようだい》 宮崎市定
父文帝を殺して即位した隋第二代皇帝煬帝。中国史上最も悪名高い皇帝の矛盾にみちた生涯を検証しつつ、混迷の南北朝を統一した意義を詳察した名著。
204185-1

み-22-22
水滸伝 虚構のなかの史実 宮崎市定
史書に散見する宋江と三十六人の仲間たちの反乱は、いかにして一〇八人の豪傑が活躍する痛快無比な伝奇小説『水滸伝』となったのか？〈解説〉礪波護
206389-1

み-22-23
アジア史概説 宮崎市定
漢文明、イスラム・ペルシア文明、サンスクリット文明、日本文明等が競い合い、補いながら発展してきたアジアの歴史を活写した名著。〈解説〉礪波護
206603-8